誰にも言うな

鈴木游夢
SUZUKI Yumu

文芸社

もくじ

ぞろぞろ

1

それは、ある俳句仲間の集まりから始まった。

私は自宅のある埼玉から奈良に向かい、句会に参加した。

翌日、私は飛鳥駅で下車し、自転車を借りると、以前から気になっていた飛鳥坐(あすかにいます)神社へと向かった。

実はもう数十年前だが、私はこの飛鳥坐神社で心霊写真を撮ったことがある。心霊写真と言っても誰も信じないので、自分一人の秘密としてそのまま引き出しに仕舞い込んでいた。その後もう一回、飛鳥坐神社を訪ねたが、その場所が見つからなかった。

そんなこともあり、今回はマップを事前に準備して目的地に向かったのだった。

私はごく普通の人間であるが、時々奇妙な出来事に遭遇する。ＵＦＯ然り、神秘的な体験も何度かしている。

今回は久々の奈良だし、句会だけではもったいないのでこんなルートを思いついた次第だ。

俳句仲間もそれぞれに予定を組んでいるらしく、ここ飛鳥駅で下車する理由を聞いてくる者もいない。

まだ少し暑いが空はまっ晴れ、青春時代に戻ったような気分である。

久しぶりの明日香路は、昔とそんなには変わってはいなかった。少し車が増えた気はするが、周りの景色は見覚えのあるものばかり。とりわけ飛鳥川を覗き込んだ時には、時間の経過を忘れたような寂寞感と安堵感に見舞われた。

古代にはいくつかの宮殿が築かれたこの地。小さな盆地を貫くこの川は、悠久などという言葉では言い表せぬほど細い流れである。しかし水音だけは古代のままだ。

最後にここを訪れたのは何十年前だろうか。確か高松塚古墳の壁画が発見された頃で、実際に現地で郵便職員が記念切手を販売していた。その切手は今も切手帳に保管されている。

ただ、当時は電動自転車ではなかったので結構きつかった記憶がある。それだけが今との違いとも言える。

さらにマップに従い、古い街並みを縫うように目的の飛鳥坐神社に向かう。町家も茶店も昔のままだ。

目的地に到着して驚いたのは、神社の門に全く見覚えがないことだった。門のない神社などあまり聞いたことがないが、あの時、私は一体どこから裏手の森に入り込んだのだろうか。それも二回も。

森のなかをゆっくりゆっくりと歩いて廻ると、少しずつ記憶が蘇ってくる。古い井戸とそれを取り囲む木々、確かに私はここに来たことがある。そして、あの写真を撮ったのはここの感覚が少しずつ蘇ってきた。

それは不思議な写真であった。鬱蒼とした藪のなかに、男の顔だけがはっきりと写り込んでいる、それもこちらを見ているように。あの日も確か今日と同じく、私以外周りに観光客は居なかったはずだ。男の人相は今でも鮮明に覚えている。なかなかの好青年であり、どこか寂しそうであった。

その後、この写真は家族にも見せられずにいたが、霊障があるといけないので塩で揉んで焼いた。

もう一つ驚いたのは、神社のそこかしこに置かれた摩羅石（男根を象った石）である。なぜか私にはこの石の記憶が全くなく、まるで狐につままれたような気分である。本当に自分はここにやって来たのか、風の向こうで「夢売り」の声がするようだ。


とりあえず神社を後にして、岡寺へと向かった。岡寺も初めてではなかったが、長い上り坂の途中でうっかり自転車を溝に落としてしまった。慣れない電動自転車のせいもあるが、前の車に気を取られたこともある。結構な勢いで側溝に落ちてしまった。たまたま郊外学習に来ていた小学生たちに助け上げられ、やっと起き上がった。軽トラの運転手も心配そうに覗きに来る。

「やってしまった」

と思ったが、何とか歩けそうなのでそのまま礼を言って旅を続けることにした。岡寺までは恐る恐る自転車を転がして行ったが、どこもなんともないようだ。休憩所でペットボトルの水を飲み、人心地ついた時、ふと、

「助けられた」

との思いが込み上げてきた。実際に溝に落ちた瞬間は病院を探さなければ、と思ったく

らいだった。何ともなかったのはまるで奇跡のようだ。

奈良の猿沢の池の近くに宿屋を予約してあったので、そこへ向かう。宿は客の半分が外国人とのことで賄いはなし。ある意味では気楽なもんだ。

シャワーを浴びる時に、シャツとズボンを広げてみたが、疵どころか擦れもなし、どうやら「本当に神さまに助けられた」ようだ。

いろいろとあった一日、いつもならどこかでちょっと一杯なのだが、この日だけは隣のコンビニで弁当とビールを仕入れ、明日からの安全と無事を願い守護霊に献杯する。

翌日は大阪に出て山陽本線で宝殿駅に向かう。目的地の「石の宝殿」は生石神社の巨大な奇岩、別名「浮き石」とも呼ばれている。

宝殿駅からここに辿り着くまでが難儀だった。駅に置いてあったパンフレット通りに行ったのだが、どこでどう間違えたのか住宅街の中に迷い込んでしまった。しかたなく郵便配達の人に道を教えてもらい目的地に向かうが、相当な遠回りになったらしい。それでも悪いことばかりではなく、滅多に見られない竜山石の採石場を近くに見ることができた。

竜山石は古代この地方の石棺に使われた凝灰岩で、石の宝殿も竜山石の巨大な岩山の上に建っている。採石場の上に夏雲がかかり、天地がさかさまになり夢と現の間合いにいるようだ。

思わぬ光景に遠回りも気にならず、タイムロスを存分に楽しむことができた。

さて石段（これも岩を削ったもの）を上がり生石神社の門をくぐると、すぐそこが石の宝殿である。

この巨石は何の目的で加工されたものか、何かの碑のようにも見えるし、また家を象ったようにも思える。周囲には狭い溝が掘られていて水が溜まっている。なんでもこの水は涸れることがないそうである。

石の表面を撫でてみるが、何も応えてくれない。ほとんど何も分かっていない石の宝殿、こんな巨大な石を切り出して何に使おうとしたのか。古代人の知力体力は我々が考えているよりずっと上なのかもしれない。そしてこの巨大なモニュメントを造ろうとした人物は誰なのか、またなぜ突然中止したのか、何も記録は残っていない。

伝説によると神代の昔、大穴牟遅と少名毘古那が国土造営のための宝殿を造ろうとしたが、土着の神の反乱に遭い夜が明けてしまい、そのまま放置されたとのことである。

それにしても狭い溝に身をかがめ石を切り出す作業は、おそらく命がけのことであっただろう。突然の中断は、大事件があったためと思われる。「死者たちの膨大な沈黙」、私の頭の中を古代の光景が駆け巡る。

さて、石の宝殿を後にすると雲行きが少し怪しくなってきた。駅に戻る頃には小雨が降ってきた。姫路でもう一泊して六甲地区の金鳥山（きんちょうざん）にあるカタカムナ神社（保久良（ほくら）神社）を見て回る予定だったが、明日は完全な雨だという。心残りだが予定を変更して自宅に戻ることに決めた。

この石の宝殿には後日談がある。
しばらくして妻の君江から、私が撮った石の宝殿の写真が自分の携帯に写り込んでいると聞かされた。確かにそれは自分が撮った写真の一枚であった。私はメカ音痴で、写真を転送するなんて技量も、そんなことをした記憶もない。そのことを知っている家族はみんな沈黙。こうした現象になぜなぜ論は通用しない。此（こ）の世には、人知の及ばないことがいくらでも転がっている。

予定より早い帰宅に家人も驚いたようだが、溝に落ちて小学生に助けられた話で納得したようだ。だが飛鳥坐神社での体験にはあまり反応しない。特に妻などはブーメラン型UFO（勾玉型？）を私と一緒に至近距離から目撃しているので、こうした現象には慣れっこである。女性は出産育児を受け持っているせいか、男性より現実的に出来ているようだ。逆の意味では男性のほうに夢想家が多いようにも思う。

2

さて、翌日はいつも通り朝の散歩から一日が始まった。公園遊具の前で、

「この前、何していたの」

と知らない男に話しかけられた。

私「……」

なんのことやら全く分からない。男に全く見覚えがないからだ。

男「○○ちゃんは今どうしてる」

私「……」

まるで反応しない私に、男はあきらめたのか、ぶつくさ言いながら去っていった。

横断歩道を渡り、隣の公園へ移動する。もう何十年も続けている散歩ルートである。すれ違った二人連れの女性から声をかけられる。

女「最近よくお見かけしますね」

私「……」

全く見覚えのない顔だ。いくつかのやりとりがあったがちんぷんかんぷん、二人連れも

あきらめて去っていった。

今日は何かの厄日なのか、不思議なことが立て続けに起きる。

翌日も同じルートで散歩していると、犬を連れた男が話しかけてきた。どうやら私のことをよく知っているようで、何丁目何番地などと具体的に聞いてくる。でも私の知らない地名であるし、話の内容も全く意味不明である。またも昨日と同じ「……」の繰り返し。男は犬を引っ張って、林の中に消えていった。

ベンチに座って水を飲んでいると、黒い大きな猫がすり寄ってきた。よく見ると、道の真ん中で大の字に寝ていたのを私が蹴とばしたあの猫だ。あのあと額の毛が抜け落ちていたはずだが、今はきれいに生えそろっている。こいつはあれ以来、私の足音を聞くと逃げるのだが、今日はどうしたのだろうか。何かが変だ。

すれ違う人が顔見知りのように次々と挨拶してくる。面識のない私は、ただぼんやりと眺めるばかり。そればかりではない。鴉(からす)までが私に話しかけてくる。まるで「ぞろぞろ」と蟻(あり)にたかられたような不思議な感覚である。

三日目、なるべく人の居ない場所を選んで歩くが、昨日と同じように何人かに頭を下げられる。こんなにも人は挨拶するものか。よくハイキングなどではマナーとして行われているが早朝の散歩道、こんなことは今までに一度もなかった。

午後、スーパーの食品売り場で男から声をかけられる。何回かのやりとりのあと、私の険しい目線に男はまるで幽霊でも見たかのようにばたばたと逃げ出した。

ここに至って私も、自分の周りで何かが起きていることをはっきりと自覚した。まさに「ぞろぞろ」と何かが近寄ってくるという感じなのだ。

自宅に戻り家内にこれまでの出来事を話したが、狐につままれたような面持ち。それはそうだ。こんなことは体験した者でないと理解不能であろう。私はもう慣れるしかない、と観念した。

そんなことが五日間ほど続いたあと、極め付きの事件が起きた。

その日は川越での定例句会だった。いつも句会の前に一人吟行をするが、この日は最初から何かが変だった。毎月のように通っているルートだが、駅の東口を出てなんと三十分もかけて駅の西口に出てしまったのだ。どこでどう道を間違えたのか、記憶が全くない。

気を取り直してもう一度蔵造りの通りに入り、蓮馨寺(れんけいじ)の「おびんずる様」に会いに行く。

「おびんずる様」の頭を撫でてお願いをする。これもいつも通りのことだが、なんと「おびんずる様」が首を大きく傾け、私に頷いたのである。

私はびっくりして後ろに飛び退いた。何十年もここに通っているが、こんなにも凄い仕掛けがあったとはびっくりだ。それからベンチで一服し、そんな馬鹿なと、笑い出してしまった。「おびんずる様」は塑像だから、仕掛けなどあるはずがない。

午後の句会で、この事件を何人かに話したが誰も信じてくれない。義男さんなんかは「ふーん」という感じで気にも留めない。それはそうだ、「おびんずる様」に挨拶されるなんて、日本昔話に出てくるような出来事が身の回りで起きるなんて。

私はこうした世界を知ってしまったことが、良いことか悪いことかいまだに判然としないでいる。しかし「此の世」が我々の知っている世界とはまるで違う世界であることは、誰よりも理解しているつもりだ。

超常現象に出合うときは、いつもこんな調子だ。その時は怖さなどないし、驚きもない。最初の記憶は中学生の時だった。隣の家で遊んでいると、目の前を茶色い球体がふわふわと通り過ぎた。隣のおばさんがぽつりと、

「あれは火の玉だよ」

と言ったのをよく覚えている。

後年、このおばさんが亡くなった時、旅行中だった私は今までに経験したことのない胸騒ぎを覚えて、予定を変更して家に戻った。

さてその後も異変は続いているが、あの「ぞろぞろ」感はいつの間にか薄らいでいった。そしてその後、挨拶された人たちと出会うこともない。いつも同じルートを散歩しているのに、それもまた不思議だ。

私は二度ほどＵＦＯの研究会に顔を出したことがあるが、実際にＵＦＯを見たことのある人がほとんどいないのに驚いた。

どうも人間には、こうした不可思議な世界に共鳴するタイプとしないタイプがあるようだ（ほとんどは共鳴しないタイプだが）。私は誰もがこうした超常現象を経験していると思い込んでいたが、それが間違いであることを最近になって知った。

私は自分を「超常現象のかたまり」と自嘲しているくらい、この種のことによく遭遇するし、また慣れているつもりだった。しかし今回だけはどう理解したらいいのか、考え込んでしまう。どうも自分たちが考えている世界は常識ではとらえられない世界のようだ。

うっかりと此の世に隣接している並行世界に足を踏み入れてしまったのだろうか。

人間は自分の五感の範囲でしか、この世界を知ることはできない。電波も音波もX線も知識として持っているに過ぎない。どうも自分たちが触れている「此の世」は自分たちが勝手に創作した世界であり、本当の世界とは別物のようにも思う。

多元宇宙も並行世界も現実世界と紙の裏表の関係にあり、特別なことがない限り、お互いに不可侵の状態になっているのであろう。

UFOが存在するとかしないとか低次元の話はもうやめて、もっともっと奥深い世界があることを認識すべき、と私は思うのだが。


私はごく普通の人間なのだが、少し違うのは毎日のように夢を見ることである。ひどい時などは次から次へ、まさに夢のオムニバスである。ほとんどの夢は朝起きるとすぐに忘れてしまうものだが、時々鮮明に記憶に残る夢がある。

そうしたものの一つに皇室関係の夢がある。不思議だが、現実が夢の通りになっていて、それは今も現在進行形である。どうせ見るなら宝くじか競馬の夢でも見てくれればと思うが、残念ながらそれはまだない。

さて、例の「ぞろぞろ」事件のあと、私はシンクロニシティにたびたび見舞われるようになった。シンクロニシティはスイスの心理学者ユングが唱えた概念で「共時性」とも訳され、「意味ある偶然の一致」を指す。

先ほども書いたが、関西に旅行中、奇妙な胸騒ぎに見舞われ慌てて自宅に帰ると、私に火の玉を教えてくれたおばさんが亡くなっていた。事故死であった。

同じような話は他にもある。俳句の件である人物を調べていたら、翌日の新聞でその人の死去を知った。一般的には知られていない人物なので、偶然と言うにはあまりに出来すぎ感がある。

このように気を付けていると、シンクロニシティが結構な頻度で現れていることに気がつく。例の「ぞろぞろ」の後もこうした状態が長く続いた。通院の日、受付番号と血液検査の番号の下三桁が全く同じであったり、私の携帯に三回も続けて間違い電話があったり、切りがない。間違い電話の一つなどは早朝の六時半に「ねえ先生、典子です」と話しかけられ、こちらが違うと言っても理解できない様子なので、頭にきて勝手に電話を切った。

恒例の川越句会で知り合った人は、私と全く同じ生年月日であった。また昔の友人から電話があり、奥さんが俳句を始めたとのこと、その奥さんも私と生年月日が二日違いであった。

たかが俳句繋がりの世界でもこんなことが立て続けに起きる。まさに此の世は「意味ある偶然の一致」の連鎖なのである。

余談だが、俳句の大会で自分のことを「超常現象のかたまり」と自己紹介したが、興味を持ったのはなぜか女性ばかりであった。

3

秋も半ばになった頃、いつもの散歩道で野鳩（のばと）が道を渡ろうとしていた。少し薄汚れた感じで、歩き方もぎこちない。

その野鳩がバックしたトラックの下に入り込んでしまった。バシという音がして、羽根が四方に散らばった。しかしトラックが去ったあと道を覗き込んでみると、死体どころか血痕もない。道には羽根が何枚か散らばっている。とっさに逃げたのだろうと思ったが、私は確かに鳩が轢（ひ）かれた音を聞いている。しかも目の前でだ。一体何が起きたのだろうか。

よく動物は死ぬ直前に、死体を見られないように姿を隠すというが、それだったのか。

動物についてはこんなことがあった。その日は君江と旅行の途中だった。国道は渋滞でにっちもさっちもいかない状態、ふと外を見ると鴉が二羽、枝にとまっている。ところがその鴉がしきりにお喋（しゃべ）りしているではないか。

「〇〇ちゃん何してるの」「今遊んでるの」

こんな感じで延々と喋り続けているのだ。まるで掛け合い漫才である。

私「何か喋っているな」

君江「うん、喋っているね」
二人ともただ茫然とするだけ。車が動き始めたのでその場を去ったが、この時ばかりは返す言葉がなかった。動物、とりわけ鴉は闇が深いように思う。
脚を傷めた仲間の鴉に、別の鴉が突きに寄って来るのを見たことがある。抵抗できなければ仲間もただの餌なのか。自然界の厳しさには違いないが、何とも言えない気分であった。

そう言えばこの夏、私はほとんど蟻を見ていなかった。玄関の前では毎年蟻の行列が見られるのだが、今年は見ていない。殺虫剤でも撒いたのか散歩道でも同じ、少なくとも蟻の群れは見ていない。

それにしても蟻の行動も不思議である。あのコミュニケーション能力は、どこから来ているのであろうか。声帯はもちろん、言葉を持たない蟻。それこそテレパシー（集団無意識）のかたまり、なのであろう。

私は蟻の件を家族に話したが、あまり関心はないようだ。普段からこうした世界に興味のない人間には、外の世界もいつもの景色の一部にしか見えないのだろう。それでも私はこの年、地震や風水害といった天変地異を警戒している。

生物は外界の変化に敏感だ。人間界は、こうした感覚を持っている人と持っていない人に二分される。もちろん、持たない人が圧倒的に多数派であるが。

月日は瞬く間に過ぎてゆく。今年最後の句会が大宮で行われた。終わったあと、例年と同じお開きの飲み会となった。今年もいろいろとあったが、過ぎてしまえばちゃんと元に納まっている。

長老の義男さんが、

「俺くらいの歳になれば、このまま無事に今まで通りに終わってくれればいいよ」

と話し始めた。私はなぜかこの言い様にこつんときた。

「今まで通りなんてないですよ。明日になればまた何が起きるか誰も分からない」

とやり返した。私の言い分に誰も理解が及ばないらしく、その場はまあまあということで収まった。

考えてみれば、わずか半年の間にこれだけのことが立て続けに起きたのだ。事件というほどのことではないが、私はどうやら超常世界の離岸流に嵌(はま)り込んでしまったようである。これほどの頻度で超常現象に見舞われるのは初めての体験である。

しかし、誰に話しても理解してはくれない。わずかに妻の君江と息子の慎平だけが反応してくれるだけである。

年が明け、真新しいカレンダーに予定を書き込む。毎年、二月十九日は《予告の日》と書き込むことになっている。もう何年前だろうか、私の耳元に、「二月十九日だよね」「二月十九日だよ」との母娘の会話が聞こえてきた。まるで白昼夢のような出来事だったが、君江にも慎平にもこの日は特に気を付けるように言ってある。もちろんなんのことか判然としないが、去年あんなことが続いたので今年は特に要注意だ。

このように夢の世界はそのほとんどが断片的である。夢は私にとっては広大な海にほかならない。

毎年、正月明けには一家で秩父に出かけることにしている。今年も松の内を外して、例年の通り秩父のホテルに向けて出発した。今年は、慎平がテレビで見た聖(ひじり)神社に寄り道することにしている。県内では知られた神社だが、我が家は初めての参拝。

誰も来ていないと思っていたが、先に北九州ナンバーの車が駐車していた。テレビの番組でも見たのだろうか。

神社の脇には巨大な和同開珎(わどうかいちん)のレプリカがある。ここは貨幣発祥の地とされ、お金に恵まれるとされている。お参りを終えてホテルへと向かう途中、土産物屋兼食堂でさっきの北九州ナンバーとまた出会う。これも何かの縁なのだろうか。

秩父は山に囲まれた盆地である。ホテルは丘の上にあり、秩父市内が一望できる。ぼんやり空を眺めていると、二十年ほど前に長野で見た光景が脳裏に浮かぶ。とある工場での仕事のあと空を見ていると、白い円が現れた。雲にサーチライトが当たったのかと思ったが、その中に小さな粒々がたくさん現れて、だんだんそれがはっきりしてくる。最後には桑の実のようになり、それが突然V字型に空に拡がって飛び去って行った。ＵＦＯの大編隊である。何度もＵＦＯを目撃している私にとっても、これは大事件であった。

この体験から、ＵＦＯは時空の裂け目を利用して自由に大空を飛び廻っていること、そして時空間は伸縮自在であることを確信した。

さて、そろそろ食事の準備も出来た頃だ。一階のロビーに戻る。

翌日はルートを変えて飯能方面から自宅へ戻る。途中、高麗神社に寄るためだ。高麗神社は高麗から渡来した若光王を祀る古社で、参拝者から総理大臣が続出したことから出世明神として知られる。

いつも通りお祓いを済ませ参道を歩いてゆくと、中年の夫婦から挨拶をされた。それからしばらく行くと、今度は老人から声をかけられた。よく意味が分からないので適当に答えたが、なぜか前の夫婦も老人もマスクをしていたことに気付いた。見渡すと周りの人はみんなマスクをしているではないか。気のせいか景色も白くぼんやりと見える。またも例の「ぞろぞろ」感が襲ってきた。

駐車場に着くと、家族が待っていた。途中で私が急に消えたので待っていたと言う。今起きたことは、家族にしばらくは話さないことにした。

高麗神社を出て近くのレストランに寄ったが、ここでまたも昨日の北九州ナンバーの車と出会う。こうなると単なるシンクロでは済まされないが、もう慣れっこになっている。

過去と未来は繋がっている、私にはその意味が分かったような気がする。一連の出来事も、あの心霊写真を撮った時から始まっている。例えば昼ごはんに何を食べたかによっても、未来は少しずつ変わってゆく。

此の世には無数の未来が存在する。自分が生きているこの世界は、無数に存在する仮想現実の中の一つに過ぎない。隣の世界（アナザーワールド）とは、紙の裏表の関係にある。どうやら私はその世界に、少しだけ足を踏み入れてしまったらしい。そして今、綯（な）った縄の一端に身を置いているようだ。

これからどんなことが起きるか、誰も知らない。今日の揺らぎが増幅して未来を作る。してみると、未来は明るいのか、暗いのか。自分の《こころ》にふと不安がよぎる。

どんな人間も社会と繋がっている。だとすると自分の周りで起きている不可解な出来事もやがて増幅して、社会全体に拡がってゆく可能性がある。

見る、聞く、嗅ぐ、味わう、触る、考える等は、それら六感の働く今、つまり現在しか通用しない。とすると未来は人間の《こころ》が創り出す幻影に過ぎない。大きくうねる未来に対して、しばらくは見守るしかない。

そんなことを考えながら、私はぼんやりと今日を生きている。

毎日が平々凡々と過ぎてゆくが、どうやら自分だけはねじれた縄の中に入り込んでしまったようだ。奇妙な出来事がその後も続くが、私にはそれが当たり前になってしまった。

ここ数日、陽気は春のようだ。久しぶりに散歩の距離を延ばし、川の向こう側に行ってみる。芝川の水面は汚れてはいるが、なんとなく温（ぬる）みを感じさせる。未来もこのようにあってほしいと願うが……。

誰にも言うな

1

道明(みちあき)は長野松本駅から上高地に向かうバスの中にいた。

昨日、松本のとある会社と打ち合わせのあと居酒屋で上高地の話を聞かされ、寄り道をすることにした。幸い明日は休みだし、こんな近くまで来てまだ大正池を見ていないことに気付いたからだ。

バスの乗客は二十名ほどか。ほとんどの人がハイキングスタイルである。バスの車窓から外を見やり、道明の頭の中は昨日食べた信州蕎麦(そば)のことでいっぱいだった。どちらかと言えばうどん文化である関東平野の真ん中で育った道明だが、ここ数年蕎麦の味にあこがれるようになった。地方出張が多いせいもあるが、年齢のせいもあるようだ。

そんなことを考えているうちに、バスがゆっくりと停まった。窓から外を見ると、辺り一面霧で真っ白だ。昔、三国峠でひどい霧に出合ったことがあるが、こんなすごいのは初めてだ。確かあの時は前を行く車の光が見えたのだが……。

バスの運転手が何か言いながら外に出た。路面の振動でバスを止めたが、道を間違えるはずもない。少しずつ霧が晴れてきて、辺りを見渡せるようになった。そこは短い草の生えた、お花畑のようなところだった。空は薄茶色で周囲に高い山は見当たらない。道明も何人かの客と一緒にバスを降りてみた。足もとには短い草と、蔓(つる)のように伸びた植物がびっしり生えている。この蔓に足を引っかけて誰かが転んだ。

運転手がしきりに首を傾(かし)げている。この辺りにこんな場所はないと言う。たしかにさっきより暖かいようにも思う。みんな狐につままれたように考え込んでいる。

残った乗客もただならぬ様子にバスから降りてきた。乗客の何人かが運転手に詰め寄っている。

「いつになったら上高地に着くのだ」

運転手はしどろもどろだ。何が起きたのか誰も分からない。客が一斉にスマホや携帯で連絡を取り始めた。道明も何か所か連絡を入れたが全く通じない。客からどよめきが起きる。一体ここはどこなんだろうか、不安が広がる。

突然、男が空を指差し叫んだ。

「鳥だ」

一斉に空を見上げると、確かに大きな鳥が一羽空を舞っている。

「翼竜（よくりゅう）だ」と誰かが叫んだ。確かに嘴（くちばし）が長く伸びた翼竜のように見える。だとするとここに長くいるのは危険だ。道明は皆を促して、バスへ戻った。


ひそひそ話のあと一瞬沈黙が広がった。誰もがこの先のことを考えているのだ。

道明は運転手にバスに積んである食料について尋ねた。道明に何人かの客が付き合ってバスの格納庫の中を覗き込んだ。ペットボトルが二ダース、非常用の缶詰と乾パンが三袋、十分とは言えないが当座のしのぎにはなる。運転手に乗客が不安にならないように説明させて、手持ちの食料を大切にするように伝えた。トイレはバスの後部にあったので、まずはそこを使うことにした。

この地は昼夜の区別があまりない。昼間は薄茶色の空、夜も薄暮といった感じだ。やがてみんな寝息を立て始めた。

道明は奇妙な夢を見た。「招福」と書かれた部屋に入り席を探すがどこもいっぱい。しかたなく外に出て芝生に腰を下ろす。そこは公園のようなところで、目の前に不思議な彫刻をした建物がある。周りの人は道明と同じように腰を掛けたり芝生に寝転がったりしている。昔の上司であったAとBが道明に近づいてきた。道明には気付かないまま去っていったが、ふと二人とも故人であることを思い出した。するとここは死者の地なのか、あるいは……。

目を覚ますと運転手と相談して、食べられるものを探すように乗客に伝えた。翼竜のこともある。バスの格納庫から武器になりそうなものを手にした。道明は鉄パイプを見つけ、それを持ち歩くことにした。

ゆっくりと歩いていると、いろいろなものが目につく。小さな花や草の実、そして見たこともないような昆虫が歩き回っている。赤い蟻のような虫や金色の甲虫、地球では見かけない奴ばかりだ。草の実を手に取り恐る恐る舐めてみる。甘い味がする。なんとか食べられそうだ。道明は草の実を袋に詰め込んだ。

空には二つの太陽が廻っているように見える。だとするとここは地球ではなく違う星なのか。道明の首筋に冷たいものが走った。ふとワープという言葉が浮かんだ。もしかしたら道明たちは時空間の狭間に落ち込んでしまったのだろうか。道明は自身で体験したある出来事を思い出した。

その日は不思議な一日であった。

いつも通い慣れた道だが、どこでどう間違えたか、道明は知らない町の中にいた。町の中には川が流れていて、橋の上から覗き込むと巨大な魚が何匹も泳いでいる。道明が目をそむけると真っ白な鴉(からす)がこちらを見ている。鴉は道明を見てワハハと笑って飛び去った。やっと見つけたベンチでペットボトルの水を一口飲むと、周りの景色が変わり、道明はいつもの通りの中にいた。

こうした体験を何度も繰り返している道明だが、それにしても今回のバスの事件には首を傾げるばかりである。


食料探しから戻る。食べられそうなものは先ほどの草の実と誰かが捕まえた昆虫ぐらいだった。それより心配なのは水が見当たらないことであった。双眼鏡の男がかすかに森のようなものが見えると言う。道明も覗いてみたが確かに森のようにも見える。高低差がほとんどない平地なので確信は持てない。

双眼鏡の男があそこまでバスで行ってみようと提案した。確かに他に方法はないようだ。

運転手の提案でタイヤにチェーンを穿(は)かせることにして、何人かで作業開始。別のグループがさっきの昆虫を空き缶に入れて焼いてみることにした。

バスはなんとか走れるようだ。空には昨日の翼竜がまた現れた。じっくり観察すると大きさは鶴くらいと分かった。

心配していたエンジンも無事に点火した。あの森のように見える場所までバスを走らせる。チェーンのせいでがたがたとバスが揺れるが地面は平坦(へいたん)だ。途中で運転手がカセットのスイッチを入れた。曲は山本コウタローとウィークエンドの「岬めぐり」である。とてもそんな気分ではないがこれもある種の旅なのか、いつかは街に帰れる日が来ることを道明は神に祈った。

森に見えたのは丈のない灌木(かんぼく)の群落であった。とりあえず灌木の傍らにバスを止めてみんなで水源を探すことにした。一人では危険なので三つのグループに分けて行動することにした。体調不良を訴えていた老人二人はバスに残した。

道明たちは灌木群の中央を進む。ここでもさまざまな昆虫が姿を見せる。よく観察すると、やはり今までに見たことのない種類ばかりだ。道明は食べられそうな奴を袋に入れていく。子供の頃の蝗(いなご)獲りのようだが、今は命の糧である。灌木に絡んでいろいろな花が咲いている。花だけ見ていると、ここは楽園のようだが。

しばらくして三つのグループがバスに戻った。いちばん北側を探索したグループが小さな水源を発見したという。これでしばらくは水の心配をしなくてすむ。みんなから歓声があがった。

夕食は残り少なくなった乾パンと別のグループが捕まえた蜥蜴(とかげ)二匹だ。全身、鎧(よろい)だらけの蜥蜴だが、焼いてみると案外いける。思いがけない肉のご馳走(ちそう)にいくらか元気が戻ったようだ。

その夜、道明は不思議な夢を見た。目の前に懐石料理の皿が並べられ、順番に食べてゆく。それを三回繰り返すが、さすがにもう満腹だ。すると白髪の老人が現れ、「食べ物を粗末にするな　虫になれ」と言った。

翌日も食料探しに出かけるが、さすがに疲れが見え始めたようだ。体調を崩している人が三名、足にケガをした者が一名。調子の悪い二名もバスに残すことにした。

茂みに入ると次々と新しい発見がある。木の根元を掘ってみると芋のようなものが見つかった。食べられるかどうかは分からないが少し希望が出てきた。

それにしてもここは虫ばかりで。哺乳類は全く見かけない。空には今日も翼竜が飛び回っている。

2

バスが突然消えて、長野県警は大騒ぎになっていた。当初は事故ではないかと付近一帯の捜索が行われたが、何も出てこなかった。乗り合いバスのため乗客数もよく分からなかったが、すれ違ったバスからの情報で客は相当数いたことが判明した。バス会社から運転手に連絡を取ろうとしたが携帯も通じない。警察はバスジャックを想定しているようだが、犯人からの連絡はない。

事件が新聞で報道されると、家族が乗っているのではとの連絡が多数寄せられた。だが情報は玉石混交である。ただ地元の老人が二名、通院のため毎日このバスに乗っていたとの情報が寄せられた。

バス会社では、事実の確認ができないため大混乱に陥っていた。

警察は行方不明者を二十五名から三十名として発表。不思議なのは誰とも全く連絡が取れないことだ。ＮＴＴほかの電話会社も首をひねるばかりである。

この事件は「謎のバス消失事件」として、海外でも大きく取り上げられた。

◆

道明は夢を見ていた。自転車でどこかの田舎道を走っている。途中ぬかるみに車輪を取られるが、なんとか目的地に近づいた。そこは博物館のある場所だが、いつもと景色が違う。そこには打ち捨てられた民家が二軒と、その先にはボロボロになった電車が置かれている。

「急がないと　駄目だ」との声がどこからか聞こえてきた。タイムリミットは十六時との考えが道明の頭をよぎった。懸命にペダルを踏むが、思うように自転車は進まない。そこでやっと夢から覚めた。

先の見えない毎日に、少しずつ心に翳(かげ)りが広がり始めたようだ。明るく振る舞っていた運転手も口数が少なくなり、時々独り言を言うようになった。乗客同士は小さなグループに分かれひそひそ話を始めた。道明自身も、うとうとしている時間が多くなった。

バスの後部には身動きのできない人が三人。うち二人は高齢者、一人は虫に刺された若者である。

夜になり、バスの窓ガラスに雨粒が落ちているのに気付いた。外に出てみると細かい雨が降っている。道明は体をごしごし擦り始めた。まさに恵みの雨である。

それでも食料探しは続けなければならない。

その日、例の水源で拾った石を舐めてみると、塩の味がすることが分かった。これで味気ない食事にいくらかでも色を添えることができる。草の実は乾燥させるとさらに甘みが増すことも分かった。

道明たちはまさに原始人に戻ったかのようだ。髭（ひげ）は伸び放題、服装もよれよれである。しかし工夫する知恵だけは持っている。こんな生活があと何日続くのかは分からないが、生きる意欲だけは健在だ。

◆

バスの消失から時間が経つにつれて、さらに新しい事実が分かってきた。道に設置されている監視カメラの解析から、バスはトンネルの中で消えたらしいことが判明した。警察内ではこのことを公表すべきかどうか意見が分かれていたが、結局公表は見送られた。トンネル内には外に出る道がなく、バス消失の合理的な説明がつかないためだ。

一方で、家族からの問い合わせで乗客の身元がだいぶ判明した。叔母しか身寄りのない道明の名前は、その名簿にはまだ載っていない。

◆

ついに乗客の中から死者が出た。体調を崩していたうちの一人の息がなくなった。異変に気付いた看護師経験のある女性が脈を診たが、手遅れであった。

道明と何人かで穴を掘って埋葬したが、こんなことでもヘトヘトになるくらい体力は衰えていた。一体ここはどこなのだろうか。墓標になるような石を置いて、道明はふとため息をついた。

この森はよく観察すると新種生物の宝庫だ。生物学者や植物学者が居たら歓声を上げるであろう。昆虫は見たことがないような奴ばかりだし、植物も奇妙奇天烈、まるでワンダーワールドである。

原始生活に戻った道明たちは狩猟と採集に明け暮れている。少しでも食べられそうなものがあれば試してみる。ライターのガスが尽きることも考えて、バスの近くに熾火(おきび)を置くことにした。そこが道明たちの台所兼食堂になっている。木の根っこを火にくべて食べてみるが美味くはない。毎日が試行錯誤の連続だ。

　この日、乗客同士でちょっとした諍いがあった。道明たちが間に入ってなんとかその場は収めたが、心の翳りは日増しに大きくなってゆく。家族のこと、仕事のこと、その他、何一つ知る術のない暮らしにそろそろ限界が近づいているようだ。


　道明は夢の中にいる。自分の住む家の塀がすべて壊され、周りには見慣れない景色が広がっている。洗濯物がいっぱい干された物干竿の脇で、母が手を振っている。どこか懐かしい光景だが何か歪に見える。なんだか胸騒ぎがする。そこで夢から覚めた。

　道明は、少しだけ不良であった少年時代を思い浮かべた。もしかしたらここは仮想現実の世界ではないか、と考えた。だとすれば、ここから逃げる術は必ずあるはずだ。

　道明は気を取り直し、食料探しの準備を始めた。


　その日はラッキーの連続であった。いきなり蜥蜴を二匹捕まえた。たぶん繁殖期に入ったのであろう、他のグループも蜥蜴を捕まえてきた。食べられそうな木の実を採ってきたグループもある。さっそく火をおこし食事の準備に入る。

　蜥蜴の肉にも慣れてきて、みんな気にせずに食べるようになった。鶏肉とさほど味は変わらない。木の実も食べられることがわかった。ただ注意しなければいけないのは時々下痢をすることだが、それも体質によるらしく平気な人もいる。道明もその一人だった。

◆

道明の勤め先でも騒ぎになっていた。もともと人付き合いの苦手な道明は、社内でもあまり存在感のないほうであった。無断欠勤が始まってから何回か連絡を取ったが不通、上司が自宅を訪ねたが応答なし。そんなことが続き、道明のことは忘れられかけていた。だが、同僚がバス消失事件の前日に道明が長野出張中だったことを思い出し、警察に届け出をした。

道明の失踪以後、世間では大きな出来事が続く。ロシアがウクライナとの国境周辺に軍を集結させ、戦争も辞さない姿勢を見せている。世界は再び動乱の時代に入ろうとしていた。

◆

この日、道明は食料探しの途中で青い蛇を見た。それは蛇ではなく蜥蜴だったかもしれないが、この地で初めて見るものだった。巨大な蜂も見た。黄色と黒の縞模様は一緒だが、何しろ大きい。人の握り拳ほどもあるだろうか。しかし案外と大人しい。近づくとさっと逃げてゆく。

食事はいつもの通り、草の実の乾燥したものと、虫を焼いたもの、そして蜥蜴の肉。もうすっかりこの食事に慣れてしまって、腹の虫も不平を言わなくなった。命を繋ぐ最低限の食事だ。

今日一日、生き延びたことに感謝する。

乗客のほとんどは高齢者である。バスの中には体調を崩した一人と足にケガをした一人が残っているが、これからもっと増えるかもしれない。道明は自分が意外にも健啖家であることに感謝した。この悪い夢が覚めるまで頑張るだけ、と心に決めていた。

心配していたことが的中した。新たに老人二人が風邪のような症状を訴えて寝込んだ。バスの中のスペースはさほど広くない。道明たち健常者はなるべくバスの外で寝起きすることにした。

幸いにここは日中と夜の気温差がほとんどない。夜空は薄黄色く濁っていて星は見えないが、虫の声だけは賑やかだ。ただこの地の虫の声はなぜか金属音に聞こえる。それでも慣れてしまえば子守歌の役をする。道明たちは食料探しでくたくたの体を地面に横たえた。

その翌日、別のグループから住居跡のようなものを見つけたとの連絡があった。駆けつけるとそれは古い煉瓦のような焦げ跡で、住居跡と言えなくもない。ここに人が住んでいるとなれば、助かる確率は格段に高くなる。

道明たちはバスをさらに先に進めることも考えたが、バスの中には四人の病人がいる。バスの燃料が尽きたら致命的だ。結局、もうしばらくここで助けを待つことにした。

これが住居跡だとしても、相当に古いものだ。道明はぼろぼろと崩れる煉瓦をいじりながら、暗澹たる思いになった。

◆

警察の捜索は難航している。トンネルの辺りでバスが消えたことは判ったが、どこに行ったのか手がかりがまるでない。どこそこでバスを見かけたとの情報がいくつも寄せられたが、間違いや悪戯(いたずら)がほとんどであった。

ただ乗客の情報については、確かにこのバスに乗ったらしい数名が新たに判明した。道明のことも勤め先から情報が寄せられたが、まだリストには載っていない。まるで幽霊のような話にマスコミ各社もお手上げだ。一部週刊誌が超能力者のコメントを載せたりしているが、関係者の焦りは増すばかりである。

◆

道明はこれまで何度もＵＦＯを見ている。その極め付きも長野の小諸であった。

宿屋の部屋から空を眺めていると、白いチョークを引き伸ばしたような雲が現れた。その雲は飛行機雲のような掠(かす)れも濃淡もない真っ白な棒のようである。

その棒のような雲が道明の目の前で突然消えた。道明は経験から、これが地球外のものとすぐに悟った。

同じ場所で空を眺めていると、五分後にそいつはまた現れた。よく見ると棒の先端に光がうごめいている。道明が呆然と眺めていると、棒のような雲はまた消滅した。

この事件で道明は、時間空間を自在に操る知的生命体の存在をはっきりと確信するようになり、その後、ＵＦＯと何回も遭遇することになる。

ある日、ちょっとした事件が起きた。その日は朝から翼竜が二匹上空を飛び回っていた。そろそろ繁殖期に入ったのか、時々奇妙な鳴き声をあげる。

食事の時、いつも一緒に行動している運転手の姿が見えない。どこかに出かけているのかと思ったが、結局最後まで現れなかった。ここ数日、独り言が多く少し心配していた道明はふと不安に駆られた。他の仲間も同じことを考えていたらしく、いつもの三グループで周辺を捜索することにした。

大声を上げて灌木の中に分け入るが、なんら反応はない。他のグループも同じで、今日はあきらめてまた食料探しにかかる。

運転手が心に闇を抱えていたのは間違いない。ただそれは誰も一緒で、最近は口に出して言うこともはばかられる雰囲気があった。

道明は夢を見た。父と母と子供の三人で花屋に立ち寄る。花屋から家のことで電話があり、その相談のためだ。結局、電話をかけてきた人物はおらず、店の前にあった古めかしいオート三輪だけが目を引いた。父は珍しそうに運転席の中をいじりまわしている。店の主人も自慢そうである。子供が急に駆けだしたので、母親が追いかける。そこで夢は終わりだが、どうやら子供は道明自身らしい。父は随分と若かったが、実は道明は父のことを知らない。父は道明が生まれるとまもなく死んだ、と聞いている。

夢の多くは意味を持たないし、脈絡もない。夢の世界では時間も空間もない。ただ未来の暗示であることがたまにある。

道明は現実と夢を重ね合わせてみたが、何も浮かばなかった。それにしても夢を見ることだけが、今のところ道明には唯一の安らぎであり、存在の証でもある。

次の日も運転手は現れなかった。誰の心にも、次は自分かもしれないという不安感が過る。それでも食料探しは続けなければならない。蜥蜴を見つければ、躊躇なく頭を叩いて殺す。持ち帰った蜥蜴は火に焼べてみんなの命を繋ぐ貴重なタンパク源となる。毎日毎日が生きるための営みである。

◆

確たる事実もないまま時間だけが過ぎてゆく。警察で確認できたのは通院のためにこのバスに乗ったと思われる老人二人と、バスの運転手のみ。あとは家族から連絡のあった数人。情報はたくさんあるが、ほとんどがガセネタである。第一に、被害者がいない。バス会社から失踪届があるだけで、その他に何も確定できない。警察のイライラはつのるばかりであるが、新たな事実は何も浮かび上がってこない。

マスコミだけが謎のバス消失事件として、大騒ぎしている。

◆

運転手が失踪した翌日、新たな死亡者が出た。以前から臥せっていた老人で、これで二人目の死者である。

道明と別の乗客の二人でバスから老人を運び出したが、人間とは思えないほど軽い。みんなの心に暗い翳が宿る。お互いに必要以上のことは話さない。ちょっとしたことで爆発しそうな自分を必死に抑えている。

運転手も同じ気分だったのだろうか。今は虫の声だけが、ここを支配している。

◆

手詰まりの警察だが、関係する情報が少しずつ集まってきた。前日の松本市内のホテルの宿泊者名簿から、道明の名前が浮上。その他バスに乗り込んだ可能性のある数名の名前が浮上してきた。ここにきてバス会社からバスの盗難届が出され、刑事事件として捜査が再開されたが、依然として加害者も被疑者もいない、雲をつかむような事件である。週刊誌やSNSの世界では新説・珍説が飛び回っている。

◆

道明は夢を見た。床一面に住所が書かれた巨大な地図の上にいる。最初に住んでいた、忘れかけていた地番がある。その地番の上に足を乗せると、道明の前に懐かしい景色が浮かび上がる。家の裏に小さな広場があり、子供や犬が集まっている。紙芝居屋が来ると、子供たちがその前に並ぶ。

別のところに足を移すと、そこは以前アルバイトをしていた工場の中だった。終業時らしくぞろぞろと社員が守衛所の前を通る。胸に見覚えのある黄色いバッジをつけ、道明も後を追う。前の集団がどこかへ飲みに行く話をしている。

突然、道明は車の中でハンドルを握っていた。周りはどこか見慣れた景色だが、さっぱり道が分からない。沼を通り過ぎると、次もまた沼。水鳥が泳いでいる。遠くに変わった建物が見える。中東にある教会のようだ。道明は道路標識に従って先に進むが、急に行き止まりになってしまった。しかたなく車から降りると、そこは農家の牛舎の横だった。牛小屋の臭いにふと目を上げると、そこには青い空と白い雲があった。そこは母の実家のあった田舎そのものだ。

夢はここで終わりだった。道明は今暮らしている空の色を思い出し、一刻も早く元に戻れることを祈った。

3

バスの中は野戦病院のようだ。人は入れ替わったが体調を崩して臥せっている老人が三人、足にケガをした若者が一人。看護師の経験がある女性が面倒を見ているが、薬は救急箱にあるだけ。乗客の中からすでに二名の死者と、一名の失踪者が出ている。

今朝も命を繋ぐために、食料探しに出かける。

道明は森の中で不思議な植物と出会った。灌木の茂みにそれはいくつもの花を咲かせていた。道明が覗き込むと、花が一斉に笑い出したように身をよじる。道明が不思議そうに見ていると、突然、

「お前はどこから来た」

と話しかけてきた。いわゆるテレパシーで、道明も初めての体験である。

道明は意識を集中させて、

「日本から来た」と言った。

「それはどこにある星だ」と返してきたので、道明は天の川銀河のなかにある太陽系の惑

星、と知っている限りの知識で応えた。

笑う花は頷いて、以前にもそこから人が来たことがある、と言った。彼らは粘土を焼いて煉瓦にして大きな城を造った。その大きな城は、この星の裏側にまだ残っているという。笑う花からその城のイメージが道明に送られてきた。それはマヤやエジプトにある階段式ピラミッドと同じであった。

近くで仲間の声が聞こえてきたので、道明はまたの再会を約してそこを立ち去った。


その晩、道明はまた夢を見た。青い空と波音のするどこかの海岸。釣り糸を垂れると手ごたえがある。急に用を思い出して、駅のほうに向かう。自分の行きたい場所を何人かに尋ねるが、要領を得ない。近くの駅に駆け込んで、電車に飛び乗ると車掌から切符を求められる。隣の駅までの料金二〇〇〇円を支払い、急いで駅の外に出る。友人から電話があり約束の場所に向かおうとするが、目標物が見つからない。

夢はいつも脈絡がなく意味不明で終わるが、それにしても夢に見る海の青さと空の青さは本物以上である。道明は、目が覚めてから夢の意味を考えるが、うまく説明できた例がない。

笑う花の話は誰にもしなかった。みんな疲労困憊（こんぱい）であり、混乱を引き起こすだけ、と思ったからだ。

その翌日、道明は途中まで一緒だった仲間に、笑う花を引き合わせた。しかし笑う花はうんともすんとも言わない。笑う花は道明の意識とだけ交信するらしい。

道明は昨日と同じ場所に出かける。笑う花は昨日と同じように、身をくねらせ道明を迎えた。その顔はどこか、キバナコスモスと呼ばれている芥子（けし）の一種に似ている。

笑う花が昨日の続きを始めた。この星にやって来た人間たちは、繁栄したがやがて殺し合いを始め滅んだという。生き残った者は例の「霧のトンネル」で別の星に逃れていった。

道明は笑う花に、

「君たちはどうして知っているのか」と尋ねてみた。

笑う花はどうやら意識を食べて生きているらしく、その知識は種を通じて脈々と受け継がれているようだ。

道明はこの星のことを聞いた。

笑う花が「ジュノス」と答えた。ジュノスは天の川銀河の隣、アンドロメダ星雲にある小惑星で、大きさは地球の三分の一ほど。今は大型の動物は死滅し昆虫王国であるという。

笑う花は驚くほど博識だ。意識を食べているので、その知識のストックは膨大で無限だ。地球のこともよく知っている。以前ジュノスにやって来た地球人から仕入れたものだろうが、それにしても驚かされる。

ジュノスには四季と言えるほどのものはないらしい。気温の変化もほとんどなく、霧がこもる以外に天候の変化もない。

ジュノスが他の星と違うのは、ここが時空間の狭間になっていることらしい。笑う花が「霧のトンネル」と呼んでいるタイムトンネルを通じて、時々違う星の生物がやって来る。また他の星に逃げて行く者もいる。道明たちもその中の一部である。

道明は笑う花の途方もない話に、ふとため息を漏らした。

これから先のことを考えると、気が狂いそうである。遠くで仲間の声がしたので、今日はここで終わりにした。

道明は焚火(たきび)のそばで、今日の話を仲間にすべきかどうか考えていた。疲労困憊の仲間にこの話をしたら発狂するかもしれない、そんなことをぼんやりと考えているうちに睡魔が襲って来た。

虫の声だけが賑やかである。

◆

手詰まりになったバスの捜査に、マスコミも話題にすることは少なくなった。それより地球では大事件の続発であった。

ロシアによるウクライナの侵攻が始まり、核兵器の使用も懸念される情勢となった。西側諸国は対ロシア制裁を発動。ロシアも対抗措置を講ずるなど対立が深まった。

そして何か見えないものに突き動かされるように、血なまぐさい事件が多発する。さらに豪雨と極端な乾燥が少し離れた地域に同時発生するなど、世界は綯われた縄の中に入り込んでしまったようだ。

バス失踪事件も、次第に人々の記憶から消し去られようとしている。

◆

道明は誘われるように、笑う花のところに出かける。笑う花は身をくねらせて道明を迎える。

笑う花によると、この星は宇宙の、いや多元宇宙の通り道になっているらしい。例の「霧のトンネル」が頻繁に発生するためだという。したがって生物相も他の星とは違い、いろいろな生物が入り交じっている。南の果てに小さな海があるが、そこにはもっと珍しい生き物がいるらしい。この星から他の星に渡っていった生物も多い。

道明は、ふとあの階段ピラミッドのことを思い浮かべた。

だとすると、ここが地球文明の出発点なのか。マヤやエジプト人の祖先がこのジュノスにいたとは。道明は途方もない空想に首を振った。

それにしても笑う花の知識はどこから来たのか、いくら意識を食べているとはいえ不思議である。

笑う花は言った。

此の世と彼(あ)の世は紙の裏表のような関係で、物理的制約を受ける人間には果てしなく遠いが、意識の世界では紙っぺら一枚の薄さだという。夢の世界を考えてみれば分かると言うが、道明にとっては、とてつもなく深遠(しんえん)な世界だ。

笑う花は続ける。

「思い上がってはいけない　知識はあらゆるところから　やって来る」

笑う花によれば、ジュノスのような、生命が賑わっているところは宇宙の社交場になっている。地球も同様だ。此の世は摩訶（まか）不思議なワンダーワールドであると。

道明は地球のことを想った。だとするとピラミッドもストーンヘンジの建造も異星人の知恵なのか、今日は妙に頭が熱い。


その晩、道明は夢を見た。夢の中に祖父が現れて、玄関の外に出ていこうとする。道明にはそれが夢であり、相手が幽霊であることは分かっているが止められない。祖父は認知症であった。

祖父を追ってやっと外に出ると、そこは満天の星空であった。ジュノスもこの星空の一角にある。地球から二三〇万光年離れたアンドロメダ星雲のどこかに。

◆

長野県警は提供された映像の分析からバスの乗客数を二十人前後と推定、運転手と松本市内の五名、寄せられた情報からバスに乗った可能性のある七名の氏名を公表した。道明の名前もその中にある。

一方、捜査のほうは全く進展がない。事件か事故か特定できないまま時間だけが過ぎていった。

◆

昼と夜の区別があまりないなか、仲間たちは今が何月何日なのかも判らなくなっていた。毎日が食料探しと寝るだけの生活、失踪した運転手と同じように独り言を呟く者、反応しないスマホをいじくりまわしている者など、沈黙だけが漂う。

道明は今日もあの笑う花に逢いに出かけた。

道明は笑う花に、

「未来は変えられるか」と質問してみた。

笑う花は「変えられる」と応えた。

笑う花によれば、此の世はいくつもの過去と未来で出来上がっているらしい。どの未来を選ぶかは、今をどう過ごすかによって決まるのだという。

道明はそっと自分の腕を撫ぜた。十分な食料もないこの地に来てだいぶやせ細ったようだ。考えてみれば、笑う花の言っていることは至極当然である。道明は自分を奮い立たせるしかない、と思った。

笑う花は続ける。未来が選択によって無数に枝分かれしてゆくように、過去もまた無数に枝分かれして存在するという。

どの道を通るか、あるいはどの道を通って現在に行き着いたかも、すべて選択による。此の世は多重構造になっていて、お互いに接触することがないように作られている。しかし何かの拍子に接触してしまうことがある。その一つが夢の世界であるが、現実世界でもそのようなことがたまに起きるという。

道明には、笑う花がまるで哲学者のように見えてきた。

「不幸だったなんて　言ってられないよ」

笑う花が珍しく冗談を発した。


翌日の朝、また一人死者が出た。これで三人目である。老人が多数派である以上、予想されたことではあるが。道明たちはサバイバルゲームのなかにいるようである。幸い虫に刺された青年は多少元気を取り戻したようだが、まだ油断はできない。運転手は依然行方不明のままである。

こうなれば体力がすべてだ。道明は美味くもない木の根っこにかぶりつき、栄養源である蜥蜴の焼けるのを待った。

道明は今日も笑う花と向き合っている。笑う花から、階段ピラミッドの周りで踊る人々の映像が送られてきた。頭に羽根飾りをつけ、小さな衣装を着けて踊る人々、顔は日本人とさほど変わらない。

笑う花によると、彼らは天文学や数学などに高い能力を持ち、いくつもの暦を使っていた。ある時まで平和に暮らしていたが、二人の王が対立し殺し合いが始まった。

話を聞いて道明は階段ピラミッドまで行ってみたいと思ったが、現実には不可能のようだ。ただ食料探しの途中、時々土を蹴り上げて、彼らの痕跡がないか注意して歩いた。

道明は笑う花に質問した。

「君たちはいつからここに住んでいるのか」

この質問に、笑う花は身をよじって笑い出した。どうやらこの質問は、笑う花の意表をついたらしい。彼らは意識の集合体であり、存在や非在とは無縁の世界にいるらしい。

笑う花は、

「君らが生まれた時からだ」と返してきた。

笑う花は空飛ぶ乗り物について話し始めた。

その乗り物は定期的にこの星を訪れるという。目的はこの星にしかない鉱物や動植物のDNAを採集するためで、乗り物の形はさまざまだという。

道明はふと空飛ぶ円盤を思った。空飛ぶ円盤（UFO）が地球に来るのも同じ理由かもしれない。

道明は空を見上げた。空には今日も翼竜が舞っていた。

◆

この事件について、国内は静かになったが海外のオカルティストが新説を述べ始めた。一つは秘密結社による陰謀説。もう一つはUFOによる連れ去り説である。

道明たちはこれらのことを知る由もないが、誰から見ても合理的な説明のつかないこの事件に、マスコミも匙（さじ）を投げ始めたようだ。

◆

道明は不思議な夢を見た。

そこは戦場の中だった。砲弾の飛び交う音がして、近くで炸裂音がした。戦車が炎上している。近くで兵士が数人倒れている。道明は地面を這うようにして、窪みに入り込んだ。戦闘機の爆撃で建物から煙が出ている。目を凝らすと木の上で白い鴉がこちらを見ている。鴉が呟いた。

「利用する者と利用される者　知識は時として劇薬になる」

白い鴉は道明の前から姿を消した。道明はここから逃げようともがくが体が動かない。近くで強烈な閃光が走った。

ここで道明は夢から覚めた。ぼんやりとした頭をさすりながら、夢の意味を考えていた。

また一人死者が出た。今度は最近まで元気であった老女である。一昨日から熱の症状があったが、あっけない幕切れであった。

道明たちはやっとのことで穴を掘る。もう皆くたくたである。これで墓が四つ並んだ。だが道明たちに、感傷的になっている暇はない。食べなければ明日の保証はない。今日も食料探しだ。

途中で他のグループが面白いものを見つけた。それは何かの道具にも見える長い棒である。笑う花の話を聞いていた道明には、それがあの階段ピラミッドを造った人たちの物だと気付いた。それは狩りや採集用のものではなく、距離を測るものではないかと推察したが、誰にも言わずにおいた。

彼らもこの地で作物を栽培していたのだろうか。そうでないとあの階段ピラミッドを造営するための労働力を賄えない。道明は棒を見つけた辺りを丁寧に足で蹴ってみたが、結局何も見つからなかった。だがこの下にはきっと何かが隠されている。道明はそう確信した。

笑う花は今日もご機嫌である。笑う花から地球のことについて聞かれた。

政治体制についても民主主義、政党、独裁に関しても笑う花はすぐに理解する。地球上に起きた過去二度の世界大戦や、その後の政治情勢についても、笑う花は興味津々であり、その知識欲は際限がない。

笑う花によれば、ほとんどの星がそうした戦争によって滅んでいったそうだ。

現在も生き残っている星の主導者は、そうした苦い経験を経て、独自の哲学・思想を持つようになった。

星の間を動き回っている飛行物体も、無用な争いを避けるため一定のルールで行動している。ＵＦＯが地球人の前に姿を見せないのはそのためだという。

だとすると、地球は政治的に二等星か三等星に留まっているのか。

笑う花は身をよじらせて、

「そうだ」と言った。

道明は笑う花から聞いた話をヒントに、この星には栽培された植物の残存がまだあるはずだと推測した。

食料探しの合間に、なるべく植物に目を光らせた。この日、動き回っていると芋の葉によく似た植物を見つけた。根元を掘っていくと、長芋のようなものが見つかった。さっそくそれを持ち帰り火に焼べた。

恐る恐る口に運ぶと、なんとか食べられそうだ。体力の弱っている仲間にはまだ勧められないので、道明と仲間の三人でしばらく試食してみることにした。

翌日、笑う花は道明の質問を待っていたかのように、未来について話し始めた。

笑う花によると、未来に関しては誰も何も決められない仕組みになっているとのことだ。未来は万物の相互作用によって出来上がっている。今日、道明が何を食べたかでも未来は変わる可能性がある。

だが、生物にはもともと持っている原始本能があり、危機状態になるとそれが働くという。生物によってはこの原始本能だけで生きているものがあり、困った時はこれらの生物の囁き(ささや)きに耳を傾ければよい。

道明たちにとってはこれからどうなるのかが最大の関心事なのだが、それを知る術はない。

笑う花によれば、未来を知るためには感じる《こころ》を持ち続けることが必要だという。

道明には細かいことは判らないが、芋の根を見つけたように観察し続けることが大切だと理解した。

笑う花から、もう一つ面白いことを教えられた。この星には食べると未来が見える茸(きのこ)があるという。その茸はてっぺんが赤い色をしている。階段ピラミッドを造った人たちは、儀式のたびにこの茸を使っていたらしい。

そう言って笑う花はまた身をよじった。笑う花は道明の心の奥底を見透かしているようだ。

未来を知ることがいいことか悪いことかは、誰にも判らない。道明の心中は複雑だ。

4

バス失踪事件以後、関係者からの投書が新聞社に殺到していた。多くは悲痛な叫びなのだが、なかには事件の解明が進まないことへの警察・政府に対する批判や苛立ちも多数ある。

事件の手がかりが全くないなか、地道に情報提供を呼びかけている家族もいた。

◆

焚火のそばで食事をとる仲間たちにも、次第に焦りの色が出てきた。情報の全くない社会はまるで景色のない街をさまよっているようだ。時々、誰かが冗談を言って気を紛らわすが誰も乗ってこない。胸の中にあるのは家族のことや友人・会社などさまざまだが、連絡がとれない以上、その苛立ちは増すばかりだ。

一人、道明だけが笑う花から情報を得ている。皆が聞いたら仰天するような情報ではあるが。

この日、食料探しの途中で道明は異様なものを見た。虫か何かの羽音のような音が聞こえ、空を見上げると円形の飛行物体が浮かんでいる。道明はとっさに定期的にこの星にやって来るＵＦＯだと確信した。ＵＦＯは停止したままそこを動かない。そしてそれは突然視界から消えた。

笑う花にさっき見たことを話すと、笑う花は「空飛ぶ船」だと言った。こうした船はいろんな星からやって来るらしく、形は千差万別である。ジュノスは時空間の裂け目のなかにあるため、宇宙の中継地になっているようだ。

笑う花によると、此の世はみんなが考えているようなものではなく、もっと自由に飛び廻れるのだという。生物は空間や距離の壁に囲まれて生きているが、意識の世界と同じで思考がその壁を突き破る。

笑う花の話はどこまでも哲学的で深遠だ。

笑う花によると、此の世には無数の宇宙が存在するらしい。それぞれ孤立しているようだが、意識の世界では往来が可能だ。しかも紙の裏と表のように隣り合っている。

笑う花の話に、道明の頭の中はポテトになりそうだ。

新しく見つけた芋の根っこがどうやら食べられそうなことが判り、食料問題はいくらか息をついた。

道明は暇を見つけては、森の中を歩き回っている。

◆

地球では、オカルトティストが今回のバス消失事件と類似した事件を取り上げていた。

それは一九四三年のアメリカ海軍によるフィラデルフィア実験であった。主導して行った軍艦の透明化実験の結果、船は三七〇キロも離れたノーフォークに瞬間移動、乗組員がデッキと一体となったり精神錯乱を起こすなど悲惨な結果となった。

この事件の他にも軍隊の消失事件など似たような事例はいくつもある。

個人の消失事件に至っては山のように事例がある。もちろん、検証された事例はないのでこれらはすべて闇の中にある。そして時間経過とともに忘れ去られてゆく。

こうした事件が取り上げられる一方で、すべては科学的に証明できるとするエセ科学者が登場し、俄仕立て（にわか）の知識で得意気に事件を解説してみせる。人間の知りうる世界などたかが知れているのにノー天気な人たちだ。

それらを取り上げて両てんびんにかけるマスコミ人は、これまた魑魅魍魎（ちみもうりょう）の支配する世界に生きる奇人変人にほかならない。

◆

道明は、笑う花から質問攻めに遭っている。

笑う花の知識欲は際限がない。彼にとってはそれが食べ物だから、満腹ということはないのであろう。

道明は地球について知っていることを話すが、意外に何も知らないことにも気付かされた。

笑う花が時々「もう一つの地球」と言うので、その意味を聞いてみた。

笑う花によると、此の世はすべて陰と陽で出来ていて、陽の地球に対して陰の地球が存在するという。陰と陽は相互不干渉でそれぞれが触れ合うことはない。道明と全く同じ分身が、陰の地球にも存在するらしい。過去と未来はそれぞれに少しずつ異なるが、最後は一本の糸に収まるようになっているのだ、と。

笑う花の話に道明はただ茫然とするだけである。ではもう一人の自分も、食料探しに駆け回っているのだろうか。

道明には思い当たることがある。もうだいぶ以前のことだが、知らない人から声をかけられることが一週間も続いたことがある。その人たちはまるで道明が旧知であるかのように話しかけて来るのだが、それももう一つの世界との接触だったのか。

笑う花は「そうだ」と言う。

笑う花によると、こうしたことは結構な頻度で起きているらしい。ただ、人間は訳の分からないこと、説明のつかないことに関しては目を閉じてしまうので、最後は曖昧なまま終わる。

笑う花は身をよじりながら、こうも言った。

「今日起きている出来事は過去と繋がり　明日へと延びてゆく」

道明はぼんやりしながら、今日の自分と明日の自分とを想いやった。

食料探しの途中、金属の道具を見つけた。もう外見はぼろぼろだがナイフのようにも見える。笑う花に教わった先住民のものなのか、材料は鉄や銅ではないらしい。道明はそれを袋に仕舞い込んで土を掘る。あの芋の根っこのお陰で食料事情も少しは改善された。

回復した青年がまた熱を出し始めた。虫に刺された患部が腫れあがっている。薬の在庫もそろそろ切れそうである。

道明は笑う花に、何かいい薬はないか聞いてみた。

笑う花によると、森の中に「神の木」と呼ばれている灌木があるという。その葉っぱを煎じて飲ませるとよいだろうと言った。道明はその木を探しまわったが、結局は徒労に終わった。

その夜、また夢を見た。そこは校庭の片隅のようだ。全体が白っぽい。生徒もみんな白い服を着ている。顔を覗き込むと、知っている生徒も何人かいる。どうやら中学校時代に戻ったようだ。大きな欅（けやき）の木がある懐かしい風景だが、すべてが白で埋め尽くされている。一人から握手を求められた。顔を見つめていると記憶が少しずつ戻ってくる。○○君は確かもう死んだはずだが……、そんなことを考えながら手を握り返した。知らない顔が何人も声をかけてくる。傍らに目をやると、笑う花が身をよじっている。

夢には、意味のある夢とない夢がある。夢見人間である道明は夢解釈を試みるが、よく判らないことが圧倒的に多い。

夢の世界はまさに現実の反対側にあるようだ。夢をあまり見ない人もいるが、道明には信じられない。


また一人、死者が出た。

もう慣れきってしまい、いつも通り何人かで穴を掘る。これで墓が五つ並んだ。死者が出るたびに哀しみの感情が薄れていくようだ。明日は我が身、との思いが働くのか誰も口をきかない。誰もこの現実を信じたくないのである。道明自身もこの現実が夢の中の出来事であってくれたら、と思っている。昨日の夢のように。


とはいえ食料がなければ生きてゆけない。いつも通りにグループに分かれて出かける。足もとを走る蜥蜴を棒で叩く。もう手慣れたものだ。芋の木を見つけ、根っこを掘り出す。こいつのお陰で大助かりだ。逃げる虫を捕まえて袋に投げ込む。虫を食べることも蜥蜴を食べることも、抵抗感は全くない。全員が原始人に戻っている。

途中で笑う花から聞いた「未来が見える茸」を見つけ、袋に放り込んだ。サバイバルゲームの中の一日がまた暮れてゆく。

地球では硝煙の臭いが止まない。終わりの見えない戦争。経済の混乱。それにともなう原油や食料の価格上昇。市民の分断が進み、民主主義にもほころびが出始めた。

もちろん道明たちには、そんなことを知る術もないが。

◆

◆

笑う花は、こうした事実を知っていた。意識の集合体でもある笑う花にとっては、造作ないことなのであろう。

笑う花は言った。

「天才が出現するよりずっと多く馬鹿が出現する　そして歴史のほとんどがその馬鹿によってつくられる」

今日の笑う花はとてつもなく辛辣だ。

ジュノスの住民も、そのようにして滅んだという。

道明は尋ねた。

郵便はがき

料金受取人払郵便

差出有効期間
2025年3月
31日まで
(切手不要)

1 6 0-8 7 9 1

1 4 1

東京都新宿区新宿1－10－1
(株)文芸社
愛読者カード係 行

ふりがな お名前		明治 大正 昭和 平成 年生 歳
ふりがな ご住所	□□□-□□□□	性別 男・女
お電話 番号	(書籍ご注文の際に必要です)	ご職業
E-mail		

ご購読雑誌(複数可)	ご購読新聞 新聞

最近読んでおもしろかった本や今後、とりあげてほしいテーマをお教えください。

ご自分の研究成果や経験、お考え等を出版してみたいというお気持ちはありますか。

ある　　ない　　内容・テーマ(　　　　　)

現在完成した作品をお持ちですか。

ある　　ない　　ジャンル・原稿量(　　　　　)

書　名			
お買上 書　店	都道　　　市区 府県　　　郡	書店名	書店
		ご購入日	年　　月　　日

本書をどこでお知りになりましたか?

1.書店店頭　2.知人にすすめられて　3.インターネット(サイト名　　　　)

4.DMハガキ　5.広告、記事を見て(新聞、雑誌名　　　　)

上の質問に関連して、ご購入の決め手となったのは?

1.タイトル　2.著者　3.内容　4.カバーデザイン　5.帯

その他ご自由にお書きください。

(　　　　)

本書についてのご意見、ご感想をお聞かせください。

①内容について

②カバー、タイトル、帯について

弊社Webサイトからもご意見、ご感想をお寄せいただけます。

ご協力ありがとうございました。

※お寄せいただいたご意見、ご感想は新聞広告等で匿名にて使わせていただくことがあります。

※お客様の個人情報は、小社からの連絡のみに使用します。社外に提供することは一切ありません。

■書籍のご注文は、お近くの書店または、ブックサービス(0120-29-9625)、セブンネットショッピング(http://7net.omni7.jp/)にお申し込み下さい。

「それを防ぐ方法はないのか」

笑う花は言った。

「ない」

ホモサピエンスが出現した当時から、知恵と欲望は両刃(もろは)の剣であった。動物は恣意的に殺戮(さつりく)をすることはないが、ホモサピエンス、特に人間だけは他と異なる。そして定期的に戦争を起こし、殺し合いをする。どうやら創造主が欲望の配分を間違えて、過大に闘争心を配分したらしい。

道明は笑う花の話を聞いて暗い気持ちになった。

安全安心とか平和とか持続可能とか、耳心地のよい言葉が氾濫しているが、現実とはだいぶ違う。

どうも人間は知りたくないことに蓋をして耳を閉ざす習性があるようだ。

最近のSNSの蔓延(まんえん)が、これをさらにあおっているようにも思う。

道明は訊(き)いた。空飛ぶ船でやって来る人たちはどうなのだろうかと。

笑う花によると、彼らには一定のルールがあるという。彼らは別の文明とは接触しない。接触すればその文明が壊れてしまうことを、彼ら自身の経験で知っているからだ。

宇宙は広大無辺だ。知的生命体が住む星は無数にあり、その文明のレベルもまちまちだ。

地球人の傲（おご）り高ぶりは、大宇宙から見れば喜劇のようなものに過ぎない。

笑う花によれば、宇宙の仕組みはこうだ。

銀河の中心には必ずブラックホールがあり、さらにその奥にはホワイトホールが開けている。

時空間は無数のワープホールにより結ばれていて、どんなに距離が離れていても瞬間移動が可能である。空飛ぶ船もこの穴を利用してやって来るという。

道明は笑う花の博識ぶりにただただあきれている。

それでは道明自身の未来はどうなのであろうか、思いきって笑う花に訊いてみた。

笑う花は、

「それはもう決まっている」と言った。

さらに、

「今も未来を切り開くための　トレーニングをしている　自分をどこまでも信じること」

そう言って笑う花は大きく身をよじった。

どうも此の世というものは、道明の考えていた常識とは全く違ったものらしい。道明には常識という言葉自体が非常識なのでは、と思えてきた。

道明は、笑う花に礼を言って仲間のところに戻った。

バスの運転手はいまだに戻ってこない。もう誰もそのことを口にしなくなった。

食事は簡素なものだ。木の根っこと焼いた虫、そして蜥蜴の肉。生きるために食べる、ただそれだけの毎日だ。

すっかりこの生活に慣れてしまって不足を言う者もいない。月日の経つのが恐ろしく早い。そして時間の概念が時々なくなる。実際に今日が何月何日か、誰も判らなくなってしまった。

空はいつも薄黄色だし、気温もほとんど変わらない。たまに翼竜が現れるが、あとは何も変わらない。こうした変化のほとんどない環境では、詩歌や文学の生まれる余地はない。

道明には心配する家族もいないし、仕事のことも忘れてしまった。もともと小説家志望だったので、ぼんやりしていることは苦にならない。その部分だけは他のメンバーより恵まれているようだ。

耳を澄ましていると、お経を唱える者、聖書の一部をとなえる者、意味のない独り言をつぶやく者などいろいろである。みんな心の憂さを何かに向かって吐き出そうとしているようだ。

道明は、毎日見る夢を解釈することでその日その日をやり過ごしている。もっとも解釈などできない、意味のない脈絡のない夢が圧倒的であるが。

◆

地球では終わりの見えない戦争と経済の混乱、それにともなう生活の悪化に人々は苦しんでいた。政府は有効な手を打てず、マスコミも沈黙したままだ。暗くなっていくばかりの日々に、人心も荒廃していく。

◆

笑う花は、道明の心の内を見透かすようにこう言った。

「神はいないが神がいるかのような結末が生じる　意識が現実をつくる」

道明は呆然(ぼうぜん)としていた。笑う花の言葉は、これまで以上に重く深遠である。

「なるようになる」、ということか？　道明は尋ねた。

笑う花は、大きく身をよじって、

「そうだ」と言った。

道明にとっては何の解決にもならないが、意識が現実をつくるならば、明るい未来をひたすら考える以外にないではないか。

道明は笑う花に礼を言って、食料探しに出かけた。


その晩、道明の見た夢はこうだ。

田んぼの畔で牛が草を食んでいる。小川がちょろちょろと流れている。どこか懐かしい風景だ。母の実家の田舎のような気もする。

突然、足もとが大きく揺れて目の前に地割れが起きた。道明は這いつくばって逃げようとするが、あちこちで地割れが起きている。立ち上がることもできないまま、ずっと地面を見ていた。やっと収まった頃、顔を上げると景色は一変していた。すぐ目の前は絶壁になり大波が打ち寄せている。落ちないように這いつくばって逃げるが、なかなか前に進めない。全身ずぶ濡れだ。

そこで夢から覚めた。寝汗でびっしょりだ。道明はいつもの通り夢の意味を考えた。これは地球で現実に起こることなのか、あるいは単に夢なのか。

道明は熾火のそばに近寄り火をおこした。

ジュノスに来てから、地震も大雨も経験していない。たまに小雨が落ち霧がかかるが、地球の気候とは大違いだ。ここは天国なのか地獄なのか。変化のないことが良いことなのかどうか、答えを出すのは難しい。

道明はまた横になり、母の古里の景色を思い浮かべた。

笑う花は言った。

「意識は波の一種だが　これを捕まえるには能力がいる」

そしてこうも言った。

「意識もエネルギーにほかならないが　それは　負の領域にある」

道明は昨夜の夢を考えていた。あの夢もまたエネルギーなのか。

笑う花が道明の意識を感じ取って、こう返してきた。

「夢もまた意識にほかならず　時空間とリンクしている」

道明は尋ねる。見た夢は未来に起きる現実ということか。

笑う花は、「そうだ」と言った。

笑う花によると、ジュノスは特殊な星で時空間の隙間が無数に生じているらしい。それが人の意識にも作用して、一定の能力さえあれば未来が見えるという。

道明は驚愕（きょうがく）した。あの夢が未来を予知したものであれば、この先どうなるのか。

笑う花は言った。

「意識が未来を創る以上　絶対的な未来はない」

その通りであれば、未来は刻々と変わり、どの未来に身を置くかは意識しだいなのか。

笑う花は、

「そうだ」と言って身を大きくよじった。

5

翌日、また一人死者が出た。道明たちは六つ目の墓穴を掘り埋葬した。感情がどんどん希薄になって来て、涙も出ない。次は自分の番かと、脳裏をかすめる。誰も口をきかない。翼竜が上空を舞い始めた。

道明たちはいつも通り食料探しに出かける。根っこを掘り出している時に、道明が陶器の欠片(かけら)を見つけた。その表面に記号のようなものが刻まれている。円が二つ、これはジュノスを廻る太陽かもしれない。先住民のものだと思い、道明は袋の中に仕舞い込んだ。


道明は笑う花に訊いた。

この星に、先住民の暮らしを支えていた植物が残っていないかと。

笑う花の答えは常に明快だ。

「人が手を加えた自然は　放置すれば元に戻る」

つまり、この星にはもう残っていないとのことである。

道明は少しがっかりした。それが見つかれば、食料事情が一気に良くなる。

笑う花は続ける。

「この星でも自然淘汰が繰り返され　そして今のかたちになった　神はいないが神がいるかのような結果を印す」

笑う花の話は哲学的であり、宗教的でもある。

道明は尋ねた。

「信じれば救われるということか」

笑う花は大きく身をよじり、

「そうだ」と言った。

道明の頭の中に、晴れ間がのぞいたようだ。

道明は笑う花に礼を言って、仲間のところに戻った。


その晩、仲間の一人が上空を指して叫んだ。見上げるとドーム状の飛行物体が二機浮かんでいる。そんなに高い位置ではない。道明はすぐにUFOと分かった。ジュノスでも地球でも同じような飛行物体を目撃している。

仲間の何人かは救助に来たものと思い、手を振って叫んでいる。道明は一人冷静だ。笑う花から、彼らは決して他の知的生命体に手を差し伸べないと聞いていたからだ。

しばらくしてUFOは宙から消えた。突然消滅だ。仲間はがっかりしたがこの星にいるのは自分たちだけではないと分かり、多少は元気をとり戻したようだ。久しぶりにみんなの会話がはずんだ。

しかしジュノスが特殊な星であるのは分かるが、宇宙には一体どれくらいの知的生命体が存在するのか、道明は首をひねった。


この夜、道明はまた夢を見た。

いつの間にか、自分が上下左右のない空間に立たされている。周りは輝く星がびっしりと連なっている。時々流星が飛んでくる。どうやら道明は宇宙のど真ん中にいるらしい。首をひねると全く星のない空間がある。そこを覗き込むと、無数の岩が浮かんでいる。どうやら小惑星が集合している一帯のようだ。岩は巨大なものから小さなものまでさまざまだ。すべての岩は同じ方向に動いているが、一つだけ違う方向に動いて行く。巨大な岩だ。岩と言うより星に近い。

近づいてみると表面に無数のひび割れがある。もちろん、草も木もない干からびた大地が広がっている。巨大な岩は何かに導かれるように大集団からゆっくりと離れてゆく。この一帯は隕石のふるさとでもあるのだ。

巨岩はどこへ行こうとしているのか、目を凝らすと遠くに青い星が見える。まさか地球に向かっているのでは？　道明は戦慄を覚えた。夢はそこで終わりである。


笑う花は言った。

「意識が現実をつくる　夢も意識に違いない」

笑う花の言葉にはいつも迷いがない。だとすると道明の見た夢はいずれ現実になるということか。

笑う花は、

「そうだ」と言った。

笑う花によれば、此の世は蜃気楼のようなものだそうだ。どの道を選ぶかによって、未来は無数に枝分かれしてゆく。夢はその枝分かれした未来を暗示する。未来はその時が来るまで確定しないが、道明の中に植え付けられた意識はいつか現実となる。夢は、此の世とは別に動いているパラレルワールドからのシグナルかもしれない。

さらに笑う花は言う。

「決して夢を甘くみてはならない」と。

道明は笑う花にせがまれて、地球の人口や大陸の数などを話した。笑う花の知識欲は底なしだ。知識を食べ物にしているので、限界というものがない。

笑う花と話している間に翼竜が空を舞い始めた。

◆

地球では世界同時インフレの様相を帯びてきた。人類にとっても初めての経験であろうが、戦後七十年以上安穏と暮らしてきた日本人には事の重大さが飲み込めないらしい。相変わらず、政治は言葉遊びに終始している。テレビではコメンテーターなる人種が訳の分からないことを喋り、お茶を濁している。

だが現実の世界はもう限界に来ている。地球の飢餓人口は全体の十パーセントを越え、世界各地で抗議デモや政変が起きている。理由のない発砲事件が頻発し病巣をさらけ出したままの米国、覇権主義から抜け出せずにいるロシア・中国。地球自体のキャパシティーが、すでに限界に近づいていることに気付こうともしない列強各国。刻々と終末時間が迫って来る。

もちろん、道明は地球でそんなことが起きているなんて知る由もない。

あれ以来、仲間たちは空を見上げて過ごすことが多くなった。ＵＦＯが神のように見えたのであろう。

道明にも、仲間の気持ちはよく分かる。だが道明は、笑う花からいろいろな情報を仕入れている。ＵＦＯが決してほかの文明に手を貸さないことや、ＤＮＡや鉱物の採集のため定期的にこの星に来ていることなど。それでも道明は、仲間たちに何も話そうとしない。仲間たちの生きる力を削ぎかねないからだ。

◆

ジュノスでの暮らしも随分と長くなった。誰もがこの先を考えようとしなくなった。今は、食べて寝ることの繰り返しである。

この星の生物相は地球のそれと比べると、かなり貧弱である。哺乳類は見かけないし、鳥類もいない。昆虫だけが繁栄しているが、それも地球の比ではない。

道明は虫を手づかみにして、袋に投げ込む。虫は貴重な食料だ。蜥蜴は大量に獲れる日と全く獲れない日がある。その日その日によってばらつきがなく、安定して収穫できる芋の根っこが現在は食事の中心になっている。地球のそれと比べれば決して美味くはないが、腹の足しにはなる。火をおこし、持ち帰った獲物を炙る。口さみしい時は乾燥した草の実を頬張る。

あれ以来、ＵＦＯは現れない。道明は考える。笑う花によると、この宇宙と並行してパラレルワールドが存在するという。宇宙、いや此の世は多重構造になっているらしい。考えれば考えるほど、自分たちが小さな存在に思えてくる。

笑う花が奇妙なことを言い出した。

この宇宙にサイボーグが支配している星があり、そこからもＤＮＡを採集にジュノスにやって来るという。その星に住む知的生命体は自分たちのために創ったサイボーグに国を乗っ取られ、挙句の果てにその星から追放されたらしい。サイボーグには生殖能力がないため、定期的に他の星を訪問してＤＮＡを採集しているという。

道明は訊いた。

「サイボーグがサイボーグを造っているのか」と。

笑う花は「そうだ」と言った。

地球に来ているＵＦＯもそれかも、と思ったが口には出さずにいた。

笑う花は、道明の意識を吸い上げて、

「そうだ」と断言した。

笑う花は続ける。

サイボーグは、人間に比べはるかに優秀だ。知能も身体能力も、さらに想像力さえも。すべてがコンピューターの最高レベルにあり、人間と違って過去の失敗もインプットされているので諍いも起こさない。ある意味では平和主義者の集団らしい。

欲がないから、選挙も議会もない。議論することもなく、問題が起きた時は長老(⁉)の意見に従う。テレパシーで意思の疎通ができるので、組織やそれに付随する建物なども必要ない。ある意味では超省エネ社会である。

道明には、何か物足りない感じがするが、それは道明が人間だからだと言う。

笑う花は続ける。

「人工的に造られたものは劣化が早い　サイボーグも一緒だ」

サイボーグがＤＮＡの採集にこの星や地球にやって来るのは、必要に迫られてなのだと言った。

考えてみれば人間の社会では、無駄を重ねることにより、社会がそして経済が発展している。地方の町にも首都にも議会があり、議員がいる。予算も然り、その周りに大勢の人間が群がって暮らしている。

そうした現実に慣れてしまって不思議に思わなかったが、現在の道明たちの暮らしはシンプルそのものである。食う寝るための最低限の道具以外ここには何もない。テレビもインターネットも新聞もない。ここは情報と隔絶した世界の中にある。道明ひとりが、笑う花との会話の中から情報を得ている。

地球はありとあらゆる無駄の集合体であり、戦争が絶えないのはヒトという種の性（さが）なのかもしれない。逆説的に言えば、それだけ地球という星は膨大なキャパシティーを持ち合わせているということか。

道明はふとため息を吐いた。

◆

日本では選挙が間近になり、各政党がその準備に追われている。

道明たちが住んでいた地球という青い星はヒトという種族に牛耳られているが、その根底にあるのは欲とそれを具現化するための金（マネー）であり、ヒトはその争奪戦に血眼（ちまなこ）になっている。選挙はそのための一大イベントにほかならない。

ヒトの活動によって吐き出されるエネルギーが気候変動を招き、この青い星は大きなターニングポイントに差しかかっている。環境も選挙の争点になっているが言葉だけで、ほとんどの住人は自らの損得で投票する。

世間は、道明たちのことなどすっかり忘れて、次々と起きる新しい事件に関心が移ってゆく。

このようにして、時間だけが容赦なく経過してゆく。

◆

道明たちは髭も髪も伸び放題で、他人がみれば原始人に見えるであろう。幸いに泉のお陰で身体を洗うことはできる。

この日もいつも通りの食事だ。みんな無駄口は叩かない。何か言えば、過去の記憶が蘇り気が狂いそうになる。お互いに気を使って生活している。ここでは沈黙が金なのだ。

笑う花の知識欲は旺盛だ。今日も道明に地球の歴史について尋ねてくる。

笑う花が興味を持ったのは、地球では恐竜が絶滅してその後哺乳類の時代になったことである。恐竜絶滅の原因について、道明は隕石衝突説があることを説明した。笑う花は、身をよじらせて聞き入っている。

笑う花によれば、恐竜のように大型化した生物は代謝能力に問題があり、気候変動について行けない可能性があるとのこと。

ただし宇宙は無限だ。その恐竜が高い知能を持ち暮らしている星があるという。その末裔が時々ジュノスにもやって来るらしい。

隕石の衝突はこの宇宙では当たり前のことだという。隕石によって水や空気、あるいは生命の種がばらまかれ、多様な生命体が誕生する。

隕石は生命誕生の根源でもある。道明は笑う花の話を聞きながら、そっとジュノスの空を見上げた。

道明は地球の環境問題について話した。人間の使う化石燃料のため海面が上昇し、少しずつ被害が出始めていることや漁業に影響が出始めていることなど、道明の知る限りの情報を笑う花に与えた。

笑う花によると、そのような事例はいくつもあるという。最後には環境の激変で滅んだ星や、資源や食料の奪い合いで戦争になり滅んだ星など、決して珍しくはないらしい。

笑う花は続けた。

「有害なものを埋没させて　星は浄化されて来た」

「意識が現実をつくる　どの未来を選ぶかは意識しだいだ」

道明はふうっとため息を漏らした。環境問題はみんなが考えているほど甘くないことや、終末時計が刻々と刻まれていることなど、未来は必ずしも明るくはないらしい。

◆

日本では安全安心やＳＤＧｓといった言葉遊びが蔓延していた。言い換えればこれは、《心の奥底にある不安》を隠蔽するための一つの装置なのかもしれない。同様にパンデミックに始まるワクチン接種の狂奔も、知りたくない聞きたくないことを逆手に取った大衆操作のようにも思える。

コロナ禍以降、地球は新しい局面に入ってしまったのか、答えのないまま狂騒の世界に嵌り込んだのか。

道明たちはもちろん、そんなことが地上で起きているなんて知る術もない。

6

ジュノスの生物相は地球ほど濃くない。地球の何十分の一、あるいはそれ以下かもしれない。それぞれの種がそれぞれの位置で、のんびり生きているように感じる。

だが今日はどうも様子が変だ。翼竜が二匹、鳴き声を上げ重なり合って飛んでいる。縄張り争いなのか、あるいは繁殖行動なのか。道明は空を見ながら、ふと地球のことを思い出した。

地球はまさに弱肉強食の世界である。少しでも油断をすれば食われてしまう。生物界は複雑なヒエラルキーを形成し、その頂点に人間がいる。だが知能だけが肥大化した人間も、油断をすれば他の動物に食われてしまう。

この豊かな生物相を生み出したのは、地球の七十パーセントを占める海のお陰だ。

それに比べてここジュノスはまるで別世界だ。

道明たちは今日も食料を求めて、高低差のあまりないジュノスの大地をひたすら歩き続ける。

道明は夢を見た。空から大粒の雨が降って来る。地上は押し寄せる水で、何も見えない。時々高圧電線のせいかまばゆい光が走る。よく目を凝らすとビルの先端が少しだけ顔を出している。いろいろなものが流れて来る。車や電化製品、人や動物の死骸。また強烈な光が走った。

急に身体が別のところに移動した。壊れてはげ落ちた民家の屋根が延々と流れ続く。ビルは崩れ瓦礫（がれき）の山、送電線がぐにゃりと曲がっている。車が逆さまになって積み上がっている。ひん曲がった自転車が何台も転がっている。田畑は水浸しだ。濁った水が川に流れ込み、どこが地上と海の境界かも分からない。

夢から覚めた道明は汗でびっしょりだ。このところ天変地異の夢ばかり見ている。地球に何か起きているのか、あるいはこれは未来の出来事なのか、道明は頭を抱えた。

「どの未来に向かうかは　それぞれの意識による」

笑う花の声が聞こえてきた。

道明は笑う花に夢のことを話した。

笑う花は言った。

「文明は破壊と創造を繰り返す　特に知恵のない者たちは」

「意識が現実をつくる　どの未来を選ぶかは　意識しだいだ」

笑う花は身をくねらせて、こう答えた。道明は此の世の仕組みが、よく判らなくなっている。

笑う花は続ける。

「夢の世界と現実の世界は　何も変わらない」

笑う花はこう言って、大きく身をよじった。

道明は訊いた。夢の中の出来事は、実際に起きるのかと。

「そうだ」と笑う花は言った。

時間のズレはあっても、夢の中の出来事は必ず起きるという。

笑う花は続けた。

「現在と未来は　よじれた縄のような関係にある　意識によって縄のどの位置に行くかが決まる　時空間もまた同じように　ゆがみの中にある」

笑う花の話は明快だが、道明には難解だ。

しかし人間が抱いている意識、そして未来は明るくないという感覚は的外れではないらしい。地球に戻れば酒でも呑んで忘れてしまうのだが、ここではそうもいかない。

道明は笑う花に礼を言って食料探しに出かけた。

その日の夜、上空に明滅するＵＦＯの大群が現れた。一体何機あるのか、上空をゆっくりと移動しながら突然Ｖ字飛行になって消滅した。地球の航空機にはない動きに仲間たちは驚いた。

道明は笑う花から彼らの目的や知能レベルを聞いてはいるが、それでもこれだけ頻繁に現れるとは。

宇宙は限りなく広い。それを知らずにいる地球人が哀れに思えてきた。

今日は笑う花に、地球人の持つ軍事力について質問されている。

笑う花が、

「核兵器が　最終兵器ではない」と言った。

道明から、新興国が核開発に血眼になっているとの説明を受けたあとだ。

笑う花によれば、核兵器は低俗な兵器だそうだ。なぜならば多くの命が傷つくし、環境に致命的な悪影響を及ぼすからだという。

笑う花が言った。

「最先端の兵器は　空間破壊兵器だ」

道明は、空間破壊とは、空間を消滅させることかと尋ねた。

「そうだ」と、笑う花は言った。

宇宙ではこれが最終兵器だそうだ。空間は曲げたりねじったりできる、つまり物性を持っている。これを利用してＵＦＯは空間移動している。

道明には先日のＵＦＯの編隊飛行や消滅からも、納得のできる話だった。

道明は訊いた。

「空間破壊兵器は使われたことがあるのか」と。

笑う花は言った。

「ある　星がひとつ消えたこともある」

道明は首をすくめた。

笑う花は続ける。

「地球人がそれを持ったら　またひとつ星が消えるであろう」

笑う花によれば、地球人は欲の配合が強すぎるため、平和を持続できない。星が消えるということは、宇宙の他の星にも悪影響を与えるため、ＵＦＯは定期的に地球を巡回しているらしい。

道明はふとため息を吐いて、

「地球は見張られているということか」と質問した。

笑う花は、

「そうだ」と言った。

宇宙は広大無辺だが、時空間を操ることができれば、どんな距離も紙の裏表の関係にある。

彼らは文明に手を貸せば、その文明が滅びることを知っている。だから目立たぬように、ひっそりとやって来る。

道明は自身の経験からも笑う花の言うことは理解が可能だ。そして地球の未来について、質問した。

笑う花は、

「安穏としている状態ではない　戦争で滅びる可能性がある」と言った。

道明はこの星に来る前のことを思い浮かべて、またため息を吐いた。

笑う花はさらに続ける。

「意識が現実をつくる　地球人の意識しだいで　どの未来を選ぶか決まる」

宇宙は、みんなが考えているような隔絶された世界ではないようだ。宇宙人は静かに地球を見守っているが、宇宙全体に悪影響を及ぼすようなことを起こせば、彼らも黙ってはいないだろう。

道明は、ふとソドムとゴモラの伝説を思い起こし、何もできないでいる自分に苛立ちを感じた。

◆

地球では、それぞれの国が自分たちの立場をただ主張し合う事態になっている。大戦争に至らないのは、核兵器という大量破壊兵器の持つ重しのためである。しかしヒトラーのような人物が出てくれば、一気に地獄絵図に変わりかねない状態にある。過剰な開発によって土地が痩せ資源が枯渇し、戦争を誘発する条件が整いつつある。

地球環境はますます悪化し、北極・南極の棚氷が融け始め、酸素の供給源であったアマゾンまでもが砂漠化の危機に晒されている。地球全体が負のフィードバックに入ってしまった可能性すらある。もう言葉あそびでは済まされない事態になっている。

ヒト科ヒト属は個々の知能のバラつきが大きく、大局観に欠ける。歴史から学ばずに、同じ過ちを何回も繰り返す。

考えたくないから考えないのか、あるいはヒトに備わった性なのか。今まさに地球は正念場に来ているようだ。

◆

今日は久しぶりに草の実を集める。草の実は主食にはならないが、重宝な食べ物である。ジュノスにはどうやら四季がないらしく、間隔をあけて採集すればいつでも手に入る。途中で翼竜を見る。どうやらあの大騒ぎは終わったらしく、獲物を探しにゆっくりと空を舞っている。草の実を袋いっぱい持ち帰り、焚火のそばに腰を下ろす。最近はＵＦＯも姿を見せない。虫の声ばかりが耳に入る。仲間はみな無言だ。これからどうなるのか、口に出せばかえってみんなの不安を煽（あお）る。

道明は仕事のことを考えていた。やり残したことや同僚のこと、いろいろな過去が走馬灯のように頭の中を駆け巡っている。しかし考えても意味のないことだ。道明たちはジュノスという地球から何百万光年も離れた星にいる。そんなことは誰も知らないし、誰も信じないであろう。しかしこれが現実だ。

焚火が爆（は）ぜて道明のそばに飛んだ。地球は、いや日本は今平和を謳歌（おうか）していた。戦後七十年も平和な時代が続いたことは、ある意味では奇跡である。そのなかで踊り狂っていた自分たちが、逆に夢を見ていたのかもしれない。時間のないこの星に取り残された道明は、ふとそんな想いに浸り込むのである。


笑う花が不思議なことを言い始めた。

「どこからかシグナルがあった　何かが起きている」

意味の分からない道明は、シグナルの意味を訊いた。

笑う花は言う。

「シグナルは波動であり　衝撃だ」と。

笑う花によれば、この宇宙は美しい音楽で満ちているが、時々ノイズが雑じる。それは星の爆発のこともあれば、星雲同士の衝突のこともある。

笑う花は、

「注意したほうがよい」と言って身をよじった。

宇宙には道明たちには感じることのできない、無数の音の波が行き交っているらしい。

今この宇宙のどこかで、何かが起きている。道明は空を見上げた。今日も相変わらずの薄黄色の空だ。

笑う花は続ける。

宇宙では、星が生まれたり死んだり、輪廻転生(りんねてんしょう)が繰り返されている。そして、この宇宙とて無数にある宇宙の一つに過ぎない。

さらに、この宇宙と兄弟のように陰の宇宙が存在する。どこまで逃げても、宇宙には果てがない。

今日の笑う花は雄弁だ。

道明の頭のなかは真っ白だ。考えて答えの出る話ではない。ここは笑う花に従って、しばらく注意して過ごそう。

◆

二十一世紀は感染症の時代と言われていた。事実、ここにきて新型コロナウイルスによるパンデミック宣言がなされ、ヒト科ヒト属がいつまでも自由を謳歌できないことを知らしめた。パンデミック→戦争→社会不安と続く負の連鎖は、世界のブロック化を促進させた。ヒト科ヒト属は、さらなる暗がりに落ち込んでゆく感じすらある。

しかしその一方で、そんなことは関係なく、相も変わらぬばら撒き行政を続けている国もある。危機を感じない人間はある意味で幸せである。

もちろん、道明たちはそんなことを知る術を持たないまま時間だけが過ぎ去ってゆく。

◆

道明たちは、今日も日課である食料探しに出かける。道明一人が笑う花からの忠告「注意したほうがよい」を胸に受け止め、時々空を見上げる。

この日は蜥蜴が一匹も姿を見せない。しかたなく芋の根っこを掘り出していたが、なかなか捗(はかど)らない。こんなこともあると、道明は笑う花のところに行った。

笑う花が、

「気をつけろ　何かが変だ」と言った。

道明は空を見上げたが、特に変わったことはない。今日は一匹も蜥蜴を見なかったことを告げると、笑う花が言った。

「動物は原始本能を持っている」

道明が尋ねる。

「知能と原始本能は反比例するのか」

笑う花は、

「そうだ　何も感じない奴らは　しあわせだ」と大きく身をよじって、これ以上はない皮肉を言った。


道明は考え込んでしまった。

笑う花が助け船を出すように「例外もある」と言った。

突然、笑う花が「やって来たか」と言った。

道明もなんとなくただならぬものを感じる。

「元来たところへ戻れ」と笑う花が言った。

道明が「地球に戻れるのか」と尋ねると、笑う花は「意識が現実をつくる」とだけ言った。

道明は笑う花に頭を下げて、バスのほうに向かって駆け出した。

足が思うように動かない。ジュノスでの暮らしで身体が相当に弱っていたようだ。途中で何回も転びながら先を急いだ。

「おーい、おーい」

道明は息を切らしながら仲間に呼びかけた。

空気がだんだん重くなってくる。あの時と一緒だ。霧で前が見えなくなってくる。道明は手探りで前に進む。突然懐かしい匂いがしてきた。そうだ、あの上高地で嗅いだ匂いだ。もう周りは何も見えない。道明は自分の直感を信じて前に進んだ。

霧の中に黒いかたまりがぼんやりと、見えた。

道明はそれがバスであることを確認し、ドアを開けて中に入った。中は真っ暗だが、一人一人に顔を近づけて意識があるのを確認した。窓際に腰を下ろして外を見やるが、真っ白で何も見えない。

道明は疲労困憊だ。目を閉じると、睡魔が襲う。そのたびに頰を抓って自分を励ましていたが、最後には寝入ってしまったようだ。

7

ふと目覚めると、窓の外が妙に明るい。道明は慌てて窓ガラスを開けてみた。空気の匂いが懐かしい、鳥の声が聞こえる。道明は目をこすった。緑が眩しい。ジュノスにはなかった光景だ。

仲間の一人一人に声を掛けたが、反応はない。思い切って道明は外に出てみた。目の前を鳥が過った。空を見上げると、白い雲と青い空、そうだここは地球だ。道明は「おーい」と大声で叫んだ。やっぱり地球だ。こだまが返ってくる。鳥の囀り、空の眩しさ、ここは確かに地球だ。

道明はしっかりと大地の感触を確かめた。どこかふわふわしたジュノスの感触とは違う。道明の足もとを蟻が走った。目の前を蜂や羽虫が過った。ジュノスにはいなかった生き物たちだ。耳を澄ますと蝉の鳴き声がする。とすると今は夏なのか。道明たちが上高地からジュノスに空間移動したのは五月だったから、今は七月か八月か。道明は嬉しくなって、歩き回ってみた。

道らしいものがある。その道沿いに行くと水の音が聞こえてきた。坂を下りると、小さな川が流れていた。道明は水を掬い口に運んだ。久しぶりの水の味だ。嬉しくなって顔をじゃぶじゃぶと洗った。

遠くで二人のハイカーが道明の行動を不審そうに眺めていた。毛むくじゃらでぼろぼろの衣服を纏った男に驚いたのだろうか、一人が警察に連絡を取り始めた。

道明も二人連れに気がついて、両手を振って助けを求めた。二人連れが恐る恐る道明に近づき、どうしましたかと尋ねた。道明はここしばらくまともな会話をしたことがない。

「助けてくれ」と言うのが精一杯だった。

やがて警察のパトカーがやって来た。警察官も道明の風体を見て浮浪者かなんかと思ったらしい。質問も尋問調である。

道明は失語症になってしまったようである。ジュノスでは余分な会話は避けていたし、笑う花とは波動（テレパシー）で意思疎通できた。

それと、あまりにも異常な体験をどう表現したらよいか頭が廻らない。道明は警官にバスのナンバーを指差し、調べるように促した。警官の動きが急に慌ただしくなってきた。

このバスが上高地で消失したバスだと判明し、道明はパトカーに乗せられ警察に向かった。

結局、道明はそのまま病院に送り込まれた。体を洗われ、髪を切られた。布団に包まるのは何十日ぶりであろうか。道明はすぐに眠り込んでしまった。


夢を見た。

空中に一本のロープが走っている。上も下もない空間に、道明はそのロープを頼りにどこかに行こうとしている。落ちそうになるが、誰かに背中を押されて元に戻る。遠くで母親の声がする。懐かしい顔がいくつも浮かんで消える。ジュノスで一緒だった仲間の顔もある。ロープはどこまでも続く。そろそろ腕が疲れて痺れてきた。ロープから手を離すと、また別のロープが現れる。

そんな夢だった。


看護師の声で目を覚ました。

体重計に乗ると、十二キロ以上痩せていた。木の根っこと草の実、そして蜥蜴が食料の毎日。よく命が繋がったものだと、ぞっとする。

血圧測定、採血と続く。朝食が運ばれた。まだ流動食だが、ジュノスの食事から比べると大ご馳走である。一気に腹の中に流し込む。

看護師が朝刊を持ってきた。日付を見て道明は愕然とした。上高地で空間移動してから、もう二年以上経過している。どうやら道明たちは、現代の浦島太郎になってしまったようだ。


テレビを点けると、道明たちのことが大ニュースになっている。上高地での消失から二年間も行方不明になっていたバスが、北海道の女満別で発見されたとのニュースは、暗い世相に沈んでいるマスコミには格好の材料だ。

道明はこの時初めて、自分が今北海道にいることを知った。


結局、この星に戻れたのは乗客二十二名のうち五名。そのうち三名は体調を崩した高齢者、一名は虫に刺されて高熱を出している若者。なんとか警察に受け答えできるのは道明だけだ。

病院暮らしに慣れてきた頃、警察からの尋問が始まった。道明は警察の尋問に素直に答えるが、警察官にはさっぱり要領を得ない。

精神科医の診断で、道明は幻覚妄想を伴った統合失調症と判断された。

あの星にいたのは数か月と思っていたが、地球では二年以上経過していたわけだ。体重は十キロ以上減り、腕は細くなったままだ。

その間に地球では、新型コロナウイルスによるパンデミック、ウクライナでの戦火、世界同時インフレと、目まぐるしい変化のさなかにあった。もちろん、そんなこと道明は知る由もない。今いる地球は、以前の地球とは別物のように道明には映る。

道明への尋問は続く。警察はこの案件を事件と捉えているので、道明は被疑者扱いである。

道明は淡々と答える。失語症もだいぶ癒えてきたようだ。

ジュノスでの体験、特に笑う花との会話で道明は「此の世の仕組み」について誰よりもよく知っている。そして地球の未来についても。

押し問答が続くが、警察も事件とするには決め手がない。何よりも被害者がいないことには事件にならない。

マスコミもこの異常な事件に、どう対応したらよいか迷走している。コメンテーターを名乗る人物が好き勝手なことを言っている。だが、彼らが言っていることが的中した例はほとんどない。

科学者も同様である。科学者あるいは専門家のほうが一般人より頭が固いし、反省しないときているから余計に始末が悪い。

キャスターは、どっちつかずの善人面で番組を締めくくる。道明はテレビを見なくなった。

この事件は海外でも報じられているが、外国のオカルティストの間で真相に近い論評がされているのは、皮肉と言えば皮肉である。

道明の体調はだいぶ良くなった。だが道明を除いた帰還者全員が意識不明のまま重体だ。もともと四人は寝たきりだったし、急な環境変化も身体にこたえたのだろう。

退院すると警察の事情聴取が本格的に始まった。

道明がいくら説明をしても要領を得ない。それはそうだろう、科学的捜査を旨とする警察には、道明の説明は夢か絵空事でしかない。

ただ、警察も事件とするには証拠がない。バスが北海道に渡るには青函道を通るかフェリーを利用しなければならないが、その痕跡が全くないのだ。さらに燃料がさほど減っていないことも確認された。

道明は被疑者の立場で取り調べを受けているが、事件とするには何も証拠がなかった。警察の厳しい取り調べにも、道明は知っていることを素直に答えるしかない。すでに会社は長期の休職扱いになっているので、道明は今のところ何もすることがない。

自宅に戻った道明は、暇にあかせて古い新聞を読み漁った。地球は想像以上に気候変動が進み、あちこちで異変が起きていた。

手慰みに道明はジュノスでの出来事を、物語風に纏め始めた。

ジュノスでの記憶が次々と蘇る。仲間たちの顔、笑う花のしぐさ、そしてあの薄黄色の空。まさに地球から見ればジュノスは異次元空間である。

取り調べは続く。道明は何も知らない刑事たちがかわいそうになった。俗世間にどっぷりと浸かった彼らに、異次元空間など理解のしようがない。いくら尋問しても堂々巡り、結局は道明の幻覚妄想として事件は片づけられるであろう。

ある日、若い刑事が道明の耳元で、

「頭の固い連中には何も見えてこない」と呟いて頭を下げて立ち去った。

事件を報道しているマスコミ各社は、この異様な事件に興味を持って取材に来るが、何度説明しても同じだ。道明の言っていることが理解できる一人の記者を除いて。

道明はうんざりして、取材にも応じずに、家に引き籠るようになった。

目を覚ますと、まだジュノスと地球の区別がつかない。物音や鳥の声でやっとここが地球だと実感できる。

この頃から道明に、ジュノスに残された人たちの家族からの手紙が届くようになった。

道明は、記憶にある限り丁寧に返信した。

字を書くことも、最初は億劫であったが、書き始めると、喋るよりも楽であることが分かった。不思議と言えば不思議である。

体調が整えば、直接会って話をすることも考えているが、今はまだその時期ではないようだ。

その後、バスに残されていた土の分析が終わり、それが地球上の物とは違うことが判明した。さらにバスに付着した埃(ほこり)から、地球の表面にはない元素が発見された。

マスコミは沸き立ったが、道明はたった一人の記者を除いて誰とも接触しない。その一人は、自身が超常現象の体験者であったため、道明の話がよく理解できるらしい。


ただ一つ道明が誰にも言っていないことがある。それはあの星で見た笑う花のことだ。道明が笑う花の種をポケットに入れて、持ち帰ったことは誰も知らない。

種はベランダですくすく成長して、花をつけ始めた。これからどうしようかと考えていると、笑う花が身をよじりながら、

「誰にも言うな」と囁いた。

それからもう一つ、例の「未来が見える茸」だが、道明はこれを使うのは最後の最後と決めている。そんな時が来なければいいが、と願っている。


道明は、唯一の縁者である叔母が預かってくれていた手紙類を受け取った。もう二年以上も溜まっていた。

その中に道明が趣味で書いていた小説の受賞の案内状があった。小説の題名は『誰にも言うな』である。

銀河系から二三〇万光年も離れたアンドロメダ星雲にある小さな惑星ジュノス、そこに知識を食べる植物がいるなんて荒唐無稽な話を誰が信じるだろうか。

しかし現実は道明の胸の中にある。その後、あの星から帰った高齢者全員が死亡。虫に刺された若者は今も意識不明の状態が続いている。

あとは時空の壁をくぐり抜けて、あの星に残っている仲間たちが戻ってくることを祈るだけだ。


地球は、ジュノスに比べればとてつもなく明るい。

道明は、地球でまた新しい戦争が起きたことや、それが引き金になり激しいインフレが起きていることも知っている。表向き平穏な世界の裏側で、何かどす黒いものが蠢（うごめ）いているのを感じる。

「意識が現実をつくる」

あの笑う花の言葉が胸に沁（し）みる。


近頃は、同じ建屋に住む住人の視線もあまり気にならなくなった。

そんなある日、道明は電車に乗り東京に出てみた。光の量がジュノスとは桁違いに多い地球、とりわけ東京は巨大な遊園地のようである。

道明は花火に顔を晒したような疲労感を覚えた。人々は戦争でもあるかのように、急ぎ足で歩いている。

立ち並ぶビルには多くの人が集まっている。都会には都会の生活者としての哀歓があるのを、道明は知っている。そこに浸っていた自分をすっかり忘れた自分、奇妙な影を纏っているようだ。

ジュノスは光量の少ない、変化の乏しい星であった。生きることは食べることである。娯楽も刺激もない、自分の心の内を吐き出すことさえタブーであった。また、未来を考えることは完全にタブーであった。

たった一日の東京であったが、道明は疲れ切ってしまった。盛り場に出ることも、休職中の会社に立ち寄ることもなかった。

翌日からは近くの林を散策する暮らしに戻った。

ジュノスから帰ってから、草や花や木、そして鳥の鳴き声までが奇妙に懐かしい。それどころか彼らと会話している感覚すらある。

どうやらジュノスでの暮らしが、道明の体質に変化をもたらしたようだ。普段から見かけている椋鳥（むくどり）が道明に振り返る。カラスが道明に話しかけてくる。道明はジュノスでの暮らしの中で特殊な能力を身につけたようだ。

笑う花は種をつけるまでに成長した。

道明は、笑う花との約束は絶対に守るつもりでいる。

未来のいつか、道明と笑う花の前に再び「霧のトンネル」が現れて新しい旅に誘われるであろう、との予感がある。未来は幾層にも重なり合って存在する。

どの道を選ぶかは、道明の《こころ》の中にある。

道明はやがてその選択の時が来るのを、覚悟して待っている。

あとがき

私はごく普通の人間ですが、人とは多少違う部分があるようです。

その一つは夢をよく見ることで、ひどいときには一日に何度も違う夢を見ます。まさに「夢のオムニバス」ですが、そのほとんどは脈絡のないものです。

もう一つは、たびたび「超常の世界」に遭遇することですが、周りの皆も自分と一緒だと思っていたら、こうした経験者は案外と少ないことに気付きました。

六十代で俳句をはじめ、七十代で小説を書き始めましたが、そのきっかけとなったのも超常世界との遭遇でした。本作の「ぞろぞろ」がそれで、他の人と話をしてもかみ合わず、成り行きで小説仕立てにしてしまいました。

高度経済成長期、オイルショック、バブルとその崩壊、そして新型コロナウイルスによるパンデミックと続く現代史。予期せぬことの連続ですが、冷静に見ると、同じことの繰り返しのようにも見えます。

私も人間稼業を長くやっていますが、人間が案外と学習しない動物だとやっとわかってきました。

　また、毎朝同じところをルーティンワークのように散歩していますが、他人と同じように歩いていたのでは何も見えてこないことにも気付きました。以来、ゆっくりと歩くことを心掛けています。そう、ペンギンの歩幅でゆっくりと空を見ながら、そして周りの景色を見ながら。

　最後になりましたが、拙文にお付き合いいただいた文芸社の沼田さん、吉澤さん、この本を手に取っていただいた皆様方に心よりお礼申し上げます。

鈴木　游夢

著者プロフィール

鈴木 游夢（すずき ゆうむ）

1948年、埼玉県大宮市（現さいたま市大宮区）生まれ。
早稲田大学商学部卒業。
機械部品メーカーで営業を担当。その後独立。
六十代で俳句・川柳、七十代で小説を書き始める。
出張、旅行先で何回も超常の世界と遭遇する。それが本書の執筆に至った理由。

誰にも言うな

2023年11月15日　初版第１刷発行

著　者　鈴木 游夢
発行者　瓜谷 綱延
発行所　株式会社文芸社
〒160-0022 東京都新宿区新宿1－10－1
電話 03-5369-3060（代表）
03-5369-2299（販売）

印刷所　図書印刷株式会社

ISBN978-4-286-24641-3